光文社文庫

文庫書下ろし

駅に泊まろう！

豊田　巧

光　文　社

この作品は光文社文庫のために書下ろされました。

目次

第一章　辞めてやる！

紅葉のニュースが聞こえるようになった九月のある日の朝。

胸ポケットに忍ばせていた辞表をグッと握った私は、ガラス窓を背にして椅子に座る大成エリアマネージャーの机の上に、バシーンと渾身の力を込めて振り下ろしながら叫んだ。

「今日で辞めさせて頂きます！」

本社ビル五階にある直営店部にいた五十人ほどの社員が、いっせいに振り返る。

話し声はピタリと止まり、固定電話の呼び出し音だけが響いていた。

周囲は凍りついたが、私の心は「ついに言ってやった！」という達成感で満たされた。

「さっ、桜岡店長⁉　こっ、これはなんだ⁉」

エリアマネージャーは目を見開きながら、のけぞるように背中を背もたれにつけた。

五十を過ぎたエリアマネージャーは、腹が出て髪もかなり薄くなってきた典型的なメタボおやじで、バブル入社組で何を言われても会社に必死にしがみついているタイプ。

私が突然反旗を翻したことに驚き、分かりやすく目を泳がせていた。

会社に対して今まで抱えていたストレスを一気にぶつけられたことで、すっかり肩の重荷がなくなった私には、フッと不敵な笑みを浮かべるくらいの余裕がある。

「私、新大久保店店長『桜岡美月』は、本日、退職時に提出する『辞表』を提出しにまいりました。本社にわざわざ顔を出させて頂きましたのは、直属の上司であらせられます大成エリアマネージャーに最後のご挨拶にまいった次第です。それがなにか？」

おかげで変な丁寧語で嫌味を言うことまでできた。

こっちは辞める気なのだから、もう失うものはなく、正に怖いものなしだ。

「なっ、なにを藪から棒に――」

ハァハァと息を荒らげながら、寝ぼけたことを言いだす大成マネージャーの言葉を遮る。

「別に突然のことではありません。入社当初より本日までの二年間、セクハラ、パワハラの横行、残業代のつかない長時間労働、店舗への過剰なノルマの常態化、法令に抵触する営業行為の強要について、何度も何度も何度も訴えてまいりましたが、まったく改善の見込みがありませんので、私は諦めることにしただけです！」

「あっ……諦める？」

「そうです。私にはこの会社の悪いところを改善する気力も能力もありません。ですので、大成エリアマネージャーが先頭に立って、後は好きなように改善してください！」

完全に私の気迫に押された大成マネージャーは、椅子に座ったまま後ろへと下がり壁にぶつかった。

「セクハラ……パワハラ……そういったものは……その～会社の方針でだな～」

この世代のおっさんは「会社が……」と言えばいいと思っている人が多い。

私が大学を卒業してから二年間勤めていた会社は、毎年ブラック企業リストにキッチリ名を連ねる超有名居酒屋チェーン店だ。

エリアマネージャーなら、うちの会社がそういったことをやっているのを知らないわけがない。だから、こうしてハッキリ言われると、何も言い返せないのだ。

今日はもういい。別に議論をしに来たわけじゃないのだから……。

フッとため息をついた私は、両手を太ももにキッチリとつける。

そして、腰を折ってしっかりと頭を下げた。

「長い間お世話になりました。それでは失礼させて頂きます」

唖然として言葉を失っている大成マネージャーの前で、新人研修で叩きこまれた見事な回れ右をして、私は直営店部の真ん中の通路を歩き出す。

行進する自衛官のように両手をザッザッと勢いよく振った。

五メートルほど離れたところで、なんとか大成マネージャーが息を吹き返す。

「さっ、桜岡店長！　ひっ、引き継ぎとか……その……退職の手続きとか……」

　私は振り返らずに、歩きながら挙げた右手を左右に振って答える。

「それは大丈夫で～す。副店長への引き継ぎは終わっておりますし、退職の手続きに必要な書類は、全て人事部に提出済みですので気にしないでくださ～い」

「いや！　その！　桜岡店長!!　いや、桜岡く――――ん!!」

　すがるような大成マネージャーの声が背中にぶつかるが、私は足を止めなかった。

　なにかを成し遂げたような気持ちに、私の顔は次第にほころび、行進していた足取りがスキップになってしまいそうになるのを、なんとか抑えた。

　堂々と部署の中央を通り抜け、エレベーターに颯爽と乗り込む。

　もう私はこの会社の社員ではないのだ。

　ドアを閉めて一階で降りた私は、今までは「社員は使用禁止」となっていたので通ったことがなかった正面玄関を大股で通り抜けていく。

　まだ、業務が始まったばかりのグレーの制服を着た受付嬢が、黒いスーツを着込む私が社員なのか取引先の客なのかが分からず、戸惑った表情で見つめていた。

　本社ビルから出た私は、紙袋を持った右手を青い空へ向けてグゥと突き出す。

「よしっ‼　終わった――‼」

心の底から放ったその声は周囲のビルの壁に反射して、こだまが返ってきそうだった。

私は右腕に力を入れてガッツポーズをしながら、右膝をグッと跳ね上げた。

くぅぅぅぅ！　気持ちいい！

今までの人生で一番気持ちよかった瞬間は、高校生のテニスの県大会でベスト4を勝ち取った時だったが、今回はそれを超えた。

抑圧から解放された私が味わっていたのは、マイナスからプラスへ向かってバネのような力で勢いよく突き抜けていく感覚だった。

「さてっ、行こう！」

私は八重洲口へ向けて並ぶビル街の歩道を軽やかに歩きながら東京駅へ向かう。

歩きながらスマホを取り出して「会社関連」のホルダーを丸ごと削除する。

ものの数秒で私の電話帳に残っているのはプライベートのみになった。

ちなみに東京駅といえば思い出される赤レンガの駅舎は、反対の丸の内側。

今、駅舎の北口と南口の上にある屋根はドーム状だけど、数年前までは三角屋根のようなストレート型だったそうだ。

「元々はこういう美しいドーム屋根だったんだけど、太平洋戦争終戦直前に米軍の落とした焼夷弾で火災になって焼け落ちちゃってさ〜。その時の国鉄の偉い人が『四、五年もてばいい』と言って作った適当な屋根で、七十年近く過ごしちゃったんよ〜」

大学時代からの親友で鉄道好きの「木古内七海」から、そんな風に聞いたことがある。七海とはよく一緒に旅行にも行ったので、私は知らないうちに鉄道には詳しくなった。

東京駅丸の内口側は皇居へと続く並木道がキレイだが、うちの本社のある八重洲口は殺風景でホテルやオフィスの入ったビルが、ゴチャゴチャと駅周辺に建ち並ぶ。

白い大きな屋根のかかる中央口に着いた私は左へ曲がり、黒い壁に金の看板の「ビューゴールドラウンジ」へ入っていく。

左側のカウンターには丸首の黒いエレガントな制服を着た女性スタッフのいる受付があるので、ポケットから新幹線の切符を出して見せた。

堂々としているように見えるかもしれないが、ここを使うのは初めてなので少しドキドキしている。

ここを教えてくれたのは、もちろん七海だ。

「いらっしゃいませ。はやぶさ13号をご利用ですね。こちらへどうぞ」

スタッフの後ろについていくと、シックなこげ茶色のソファが並ぶ和モダンの大きなラウンジへ通してくれる。

実は東京駅にも高級ホテル並みのラウンジがあり、新幹線の乗客は利用できる。

ただ、普通の切符だけでは、ここは利用できない。

私の今日の切符が特別なのだ。

窓は波をデザインしたすりガラスで、ウッディなカウンター席には携帯充電用のコンセントが余裕のある間隔で並び、更にはコーヒー、紅茶などのソフトドリンクが飲み放題の上に、新聞、雑誌も無料で読める。

飲み物はドリンクバーからのセルフサービスではなく、ちゃんとスタッフが注文を聞いてから、お菓子と共に席まで運んでくれた。

本当にこんなすごいところを無料で利用できるんだ〜。

特別な切符の効果に感動しながら、そのスペシャル感にテンションが上がってくる。

カプチーノを注文してからソファを離れ、ラウンジ内のトイレに入った。

もちろん、ここも高級ホテル並みで、広々していてキレイで駅構内のトイレとは段違い。

私はスーツの上着とパンツとワイシャツを脱いで、紙袋から出したデニムのクロップドパンツと白のニットに着替え、その上からフードに柔らかなファーがついた光沢のある生地の深緑色のN－2Bジャケットを羽織(はお)った。

二年間の苦労が染み込んだスーツとブラウスは、クルクルと丸めて紙袋に勢いよく叩き込む。

「これはもう要らない！」

これからスーツを着る機会があるかもしれないが、その時は別な物を買えばいい！

トイレの個室から出て、入口近くにあった全身が映る大きな鏡でササッと髪型を整える。

席へ戻ると、女性スタッフがタイミングを計っていたかのように、細かいミルクの泡がたてられたカプチーノを、すっとテーブルの上に置いた。

「お待たせしました」

おしぼりやお菓子も置いて戻ろうとするスタッフに、私は紙袋を前に出す。

私がこのスーツを着ることはもうないはずだから……。

「すみません。これゴミなんですが、こちらで処分して頂いてもよろしいでしょうか？」

中を見ることもなくスタッフは微笑み「はい」と笑顔で受け取る。

「かしこまりました」

丁寧に頭を下げてから去っていくスタッフの後ろ姿を見ながらカプチーノを少し飲む。

雑誌がさされたマガジンラックの上には、現在の日時がデジタルで表示されていた。

「あれ？　もう9時20分を回ってる。急がないと新幹線に乗り遅れちゃう」

残っていたカプチーノを咽へと流し込み、私はソファから勢いよく立ち上がる。

そして、スタッフらにお礼を言ってからラウンジを出て右へ曲がった。

並んでいるコインロッカーの真ん中にあったディスプレイにタッチして操作を始める。

画面の指示に従ってタッチし、最後に自分のＳｕｉｃａを取り出して画面に当てた。

その瞬間、ピッと音がして下段右隅の大型ロッカーの扉が開いたので、中から赤い大型スーツケースと同じ色のワンショルダーバッグを取り出す。

ワンショルダーバッグをたすき掛けにし、スーツケースのハンドルを引っ張り出して、東京駅のコンコースをゴロゴロと転がしながら早足で歩く。

八重洲中央口の自動改札機に乗車券を入れると、私が歩くよりも早く取り出し口に飛び出してきたので、ひっ掴(つか)むように取って前に進む。

八重洲中央口のすぐ近くには、新幹線中央乗換口がある。

駅構内は平日の朝なのでスーツ姿の仕事へ向かう人達で混雑していた。

周囲には美味(おい)しそうな駅弁や飲み物を並べる売店や、東京名物のお土産を扱うお土産屋があって、見ているだけで食欲をそそられるが振りきって進む。

五段ほどの階段を上がり、緑の看板の並ぶ改札口の方へと向かった。

ここで、さっきの乗車券の他に新たに特急券を取り出して二枚重ねて自動改札機に入れると、ストッパーが左右に開く。

自動改札機に当てないように、スーツケースを横にしながら素早く通り抜けた。

取り出し口に出ていた二枚の切符を見ながら、乗る新幹線をチェックする。

「えっと……はやぶさ13号、10号車ね」

柱に貼られた液晶ディスプレイには、東京駅から次々に発車していく新幹線が編成表と共に上から並べて表示されていて、はやぶさ13号は一番上だった。

発車番線をチェックすると「23番線」と出ていたので、一番奥のエスカレーターにスーツケースと共に飛び乗り左側に立つ。

開けた右側をスーツのおじさん達が、次々に早足で追い抜いていく。

私も昨日までは、エスカレーターの右側を全力で駆け上がっていた。

あんな感じだったんだろうなぁ。

仕事を辞めてしまったことで、そんな行為が別世界のことのように映った。

エスカレーターが頂上に達して、左が23番線、右が22番線となっているホームに出る。

目の前に停車していたのは7号車。

ポケットから切符を取り出した私は、指定席番号を歩きながら目で追いかける。

「10号車……10号車」

23番線に停車していた白い車体の新幹線に沿って、先頭へ向かって歩いていく。

発車時刻が迫っていたので、いつでも近くのデッキから飛び込む覚悟をしながら、8号車、9号車を通り過ぎた。

10号車まで歩いてきた私は、そこで少し驚く。

「えっ⁉　私の指定席って先頭車なの？」

先頭車である10号車は、風をスパッと切り裂くことのできるように、鳥のくちばしのような長く鋭いフロントノーズになっていた。

そのために客室は少ししかないらしく、側面に並ぶ正方形の窓は六枚だけだった。

「ここに乗れるのね～‼」

私は七海のような鉄道ファンじゃないけど、この特別感にはテンションが上がる。

ポケットからスマホを取り出した私は、発車時刻を気にしつつもホームからカシャカシャと撮りまくる。

シュと伸びた先頭車の上半分はエメラルドグリーンで、下は輝くようなホワイトで、その間には細いピンクのラインが真っ直ぐにひかれていた。

「これはインスタ映え⁉」

新幹線のフロントノーズに惹かれてしまった私が、時間が経つのも忘れて勝手に盛り上がっていると、ホームには発車を知らせるアナウンスが流れだす。

《まもなく23番線より新函館北斗行「はやぶさ13号」が発車いたします。ご利用のお客様はお乗り遅れのないようにご注意くださ〜い》

10号車の扉前のホームには、白い長そでのブラウスにピンクの縁取りの入ったグレーのベストとタイトスカートを着たアテンダントが両手を前に組んでにこやかに立っている。

扉の脇には、誇らしげに輝く金の六角形のドーナツ型のロゴが見えた。

スマホをポケットにしまい、スーツケースを引いて10号車の扉から車内へ入る。

「いらっしゃいませ！」

アテンダントの前を通り抜けた私は、いつもの新幹線と違って少しウキウキしていた。

デッキ中央まで歩くと、車内へ通じる扉が音もなく静かに開く。

「さすがグランクラスねっ！」

そこに広がった新幹線とは思えない車内の雰囲気に、私は満足する。

えんじのふかふかの絨毯上には、無重力が体験できそうな超高級マッサージチェアのような白い革製のシートが、進行方向に対して左に二列、右に一列並ぶ。

五人が横に並んで座る普通の指定席なら約百人で使う車両を、グランクラスではたった十八人で使うのだからスペースの余裕が段違いだった。

今までブラック企業で我慢して働いてきた「自分へのご褒美に」と、今日は現在のＪＲ

の中で最高グレードのグランクラスシートを予約した。

今日は特別な切符の「グランクラス」だったので、あのビューゴールドラウンジも無料で利用できたのだ。

私の指定席は一番前の「6A」なのでシート上部にあった蓋付きの荷物棚（ハットラック）に背伸びしてスーツケースを入れるが、内部スペースは子供が寝られそうなくらいの大きさだった。

窓の外では出発を知らせる発車メロディが鳴り始めているようだが、窓ガラスも防音がしっかり利いているので、ホームからの雑音は微（かす）かにしか聞こえない。

ハットラックの蓋を閉じてシートに座ると、9時36分、列車は東京駅を発車した。

「これはもう新幹線のシートじゃないね」

コンソールを使って電動の背もたれをゆっくり倒していくが、ネットで少し話題にもなった「シート倒していいですか？」なんて、後ろの人に聞く必要がない。

シート全体が球のような形に作られて、円形に回るようにリクライニングするので、倒しても周囲にはまったく迷惑がかからないからだ。

背もたれを完全に倒し、フットレストを一番上まで上げれば、飛行機のファーストクラスのようにフルフラットのベッドのようになる。

出張のような苦痛なだけの新幹線移動の時ならシートを倒して、ずっと眠ってしまうところだけど、グランクラスで寝てしまうのはもったいない。

それは至れり尽くせりのサービスがあるからだ。

一旦、地下へ潜ったはやぶさ13号が、上野を通過して再び地上の高架線の上を走り始めた時だった。

後ろからやってきたアテンダントが、全員に温かいおしぼりを配りながら話しかける。

「グランクラスでは軽食をご提供させていただきます」

これがあったので、駅の売店ではなにも買わずに我慢したのだ。

「ありがとうございます」

「では、お飲みものは何になさいますか?」

前のラックに入っていたメニューには、ズラリとドリンクメニューが並ぶ。

ソフトドリンクはコーヒー、紅茶、ハーブティ、ダイエットコーラ、ミネラルウォーターとあり、その上、ビール、赤ワイン、白ワイン、ウイスキー、季節で変わるスパークリングアルコールまで揃っている。

まだ朝の9時半過ぎだけど……いや、であればこそ、ここはいっておこう!

「じゃあ、とりあえずビールをください」

もう会社員じゃないんだから、朝からお酒を飲もうが私の自由だ。

「ビールですね。かしこまりました。少々お待ちください」

静かにお辞儀する姿はとても美しい。

残念ながら……うちの居酒屋スタッフでは、こんな姿を見たことはない。

グランクラスが凄いのは、なんと新函館北斗に到着するまでの約四時間、こうしたアルコールを含めたドリンクが、全て飲み放題なところ。

グランクラスの料金は大雑把に言うと、普通車の四倍くらいするけど、四時間近く乗る北海道新幹線なら、その価値は十二分にあると思う。

だからなのか？　十八席あるグランクラスのシートは全て埋まっていた。

しばらくすると、アテンダントが軽食としっかり冷やされたビールを持ってきてくれる。

左の肘置(ひじお)きから銀のテーブルを出して、お腹の前にセットする。

アテンダントは黒い長方形の高級そうなお弁当箱を同じ色のトレーにのせて静かに置き、透明な小さめのグラスの横に三百五十ミリリットルのビールとお菓子を添えた。

「ありがとうございます」

私はさっそくビールのタブに指をかけて手前に引く。

プシュッといい音がして穴が開いたので、輝くほどに磨かれたグラスに金に輝くビールをトクトクとゆっくり注いでいく。

少し驚くのは同じ新幹線にもかかわらず、グランクラスはほとんど揺れないこと。

詳しくは忘れてしまったが、七海情報によると、グランクラス車両には特殊なショックアブソーバーが装備されているので、普通車よりも全然揺れないのだとか……。

グラスの三分の一ほどまでビールを注いだら、缶を横へ置いて右手を持ち上げた。

そして、車窓に見えていた、遠ざかっていくビルだらけの東京の街並みに掲げる。

「**乾杯～!!　お疲れさ～～～ん!!　私！**」

薄いグラスの縁に唇をつけて、グッと一気にビールを飲み干す。

ゴクリゴクリと咽を通り抜けるビールは、今まで飲んできたビールの中どころか、どんな高級シャンパンよりも一番おいしく感じられた。

だから、グラスから口を離せなくなり、そのまま全て飲み干してしまう。

居酒屋に勤めていたのに、こんなにおいしいお酒は飲んだことがない。

これが自宅なら「クハァ～!!」と叫んでいたところだが、そこは物音一つしないグランクラスなので我慢して、フカフカの革シートの中で体をよじらせて一人で喜んだ。

「やっぱりストレスによって、お酒の味って変わるのね～」

私は空になったグラスに缶からビールを注ぎ足しながらつぶやいた。

続いて包装紙をはがして、漆塗り（うるしぬ）りを模した高級そうな蓋を取り外すと、おいしそうな和風のおかずがギッシリ詰まったお弁当が現れる。

鶏肉野菜巻き、玉子焼き、帆立煮串、鰊(にしん)昆布巻、ひじきとくわいのサラダに煮物、スケソウダラやえびに、筍ご飯と盛り沢山。

色合いもとてもキレイで、料亭の松花堂弁当のように鮮やかだった。

「少しずつたくさんのおかずが入っているところがいいなぁ」

玉子焼きを味わいながら、再びビールを飲む。

やはり私の予測通り和食のおかずは、お酒に合うように作られていて、おいしいおかずを食べるとビールが欲しくなる永久ループに入る。

すぐに最初の缶ビールがなくなるが、知らないうちに近くに来ていたアテンダントが素早く「次は何にされますか？」と優しく聞いてくれる。

「では、赤ワインをください」

一応、居酒屋グループの店長をやっていたので、酒量には少し自信がある。

朝から飲んでいることに少し罪悪感はあったが、それ以上に「仕事を辞めてやった！」という高揚感にお酒が気持ちよく進んだ。

大宮(おおみや)に10時に停車すると、北海道や東北へ遊びにいくと思われる年配の団体や、家族連れの人達が多く乗り込こんでくる。

そして、大宮を発車すると、はやぶさ13号はしばらく停車しなくなる。

ここから最高時速三百二十キロの運転が始まり、スピードを格段に上げたことで風景は、後ろへ飛び去っていくように流れ出す。

私は少しだけ倒した背もたれに背中を預けながら、ワンショルダーバッグのポケットから一通の封筒を取り出して陽に透かすようにする。

この手紙をもらうことがなければ、きっと私は仕事を辞めていなかっただろう。

「ありがとう……徹三じいちゃん」

北海道にいる徹三じいちゃんから手紙をもらったのは、二か月程前のことだった。

手紙をもらったと言っても、徹三じいちゃんは三か月前の六月の中旬に亡くなっている。

徹三じいちゃんが大好きだった私は、危篤状態になった時になんとか駆けつけたかったのだが、エリアマネージャーが「この忙しいのに何を言っているんだ⁉ 別に親父じゃないんだろ?」と言われてしまい、死に目に会うことができなかったのだ。

そんな徹三じいちゃんは北海道の「比羅夫」という駅の近くで、どうやらコテージをやっていたらしい。

らしい……と憶測になってしまうのは、仕事が忙しくて一度も行けなかったからだ。

お葬式からしばらくすると、徹三じいちゃんが遺言書を残していたことが分かった。

そこで徹三じいちゃんの長男の哲也(てつや)おじさん達が開封してみると「比羅夫(ひらふ)のコテージは、美月に継いで欲しい」と書いてあったのだ。

　哲也おじさんは、そんな経緯を書いた手紙と一緒に、徹三じいちゃんの遺言書を私に送ってきたのだ。

「哲也おじさんはコテージを継がないの？」

　手紙を読んだ私は電話で聞いたのだが、哲也おじさんは思い切り笑い飛ばした。

「いいよ～僕らは札幌(さっぽろ)に家も仕事もあるから。美月ちゃんさえよかったら、父さんの願いを叶えてやってくれないかな？」

　そう言われたのだ。

　素人がそんなことをやるのは大変そうに思ったが、コテージには働いている従業員さんもいるから、基本的に運営は任せておけばいいとのこと。

　コテージの営業許可関係は、親族にしか継続契約ができないらしく、従業員さんには継げないので、私はコテージの「オーナー」としていて欲しいのだそうだ。

　それにしても……突然、北海道のコテージのオーナーと言われても……。

　私は「迷ってしまうかも」と思ったが、次の日には「こんなブラック企業にすり潰されるよりも、コテージのオーナーの方がいい！」と決意していた。

いったい何の仕事をやっているのか分からない居酒屋の店長よりも、北海道の爽やかな高原の風が吹くコテージのオーナーとなって生きた方が、きっとストレスもなくて楽しく人生を過ごせるに違いない。

どこまでも続く緑の大地、抜けるような青い空、周囲には野生動物達が走り回るようなステキなコテージで、私はロッキングチェアに揺られながらパッチワークをする。

そんな想像が頭を巡り、次の日からは会社を辞めるべく準備を始めて、今日に至った。

私はテーブルに置かれた赤ワインの入ったグラスに口をつける。

「コテージのオーナーとしての第二の人生に！」

今度は近づいていく北の空に乾杯してからゴクリと飲んだ。

さすがグランクラスで出すワインは、うちの居酒屋なんかと大違い！

鼻の奥に広がる深いブドウの香りを味わいながら、私は「クゥ〜」と唸った。

車窓には黄金色に輝く稲穂に埋め尽くされた田んぼが多くなり、大地を渡る風が吹くたびに黄昏時（たそがれどき）の海のように波打つ。

そして、遠くには白い雪を山頂に頂く高い山々が見えるようになってきた。

ちなみに北海道へ飛行機で行かないのは、私が苦手だからだ。

新幹線が脱線事故を起こしたなんて話を聞いたことはないが、飛行機の墜落は毎年何度も聞くので何となく嫌なのだ。

それに、飛行機は出発時刻の一時間前には空港に到着していなくてはいけないし、だいたい町から離れた場所にあるから、飛行機だからと言っても目的地に早く着かないと私は思っている。

杜の都、仙台には11時7分。岩手県の盛岡には11時47分に到着。

盛岡では多くの人がホームに下りていくのが見えた。

少し気になった私はスマホを取り出して地図アプリを立ち上げる。

すると、盛岡から西へ向かえば田沢湖、角館、大曲を通って秋田や新庄。東へ向かえば宮古を通って久慈や釜石へ続く線路が続いていた。

「東北はお酒もおいしいだろうし、こういうところへも旅行してみたいな」

ブラック企業に勤めていたことで、まったくできなかったが、これからの自由の身となるコテージのオーナーなのだから、あちらこちらへ旅行してみたいと思っていた。

軽やかな発車メロディが鳴りドアが閉まると、新幹線は盛岡を発車した。

盛岡を出ると風景は更に変わって、線路沿いに民家はまったく見えなくなる。

深い森が見えるようになって、今まで遠くにあった山々が線路に迫り、山を貫く長大なトンネルや深い谷を渡る高架橋を次々に走破していく。

青森（あおもり）に入ってからは新青森にだけ停車した。

軽食をすっかり食べ切ってしまった私は、この頃にはワンショルダーバッグに入れていた自前のおつまみを食べながら六つ目のお酒を飲んでいた。

その時、新幹線の速度がグッと落ちてくる。

「どうしたの？　車両事故？　トラブル？」

朝の通勤時の列車遅延で散々えらい目にあったせいで、すぐにそう思ってしまう。

お酒を飲みながら前方を見つめていると、アテンダントが微笑みながら教えてくれる。

「もうすぐ青函（せいかん）トンネルです。今までは最高速度時速三百二十キロでしたが、トンネル内は最高速度が時速百六十キロに制限されますから……」

「あぁ～そういうことなんですね」

青函トンネルは世界でも有数の海底トンネルだが、車で通行することができない。

新幹線に乗ってしか体験することができないのだ。

そこで首を伸ばして、車窓から反対側のレールを見て驚く。

「えっ？　レールが三本もある」

線路のレールというのは二本のはずだが、ここでは三本も並んでいた。

別に酔っぱらって一本増えたわけじゃない。

「ここは『三線軌条』になっているんです」

「三線軌条？」

アテンダントは私が空にしたワインの瓶を片付けながら頷く。

「青函トンネルは新幹線も通りますが、在来線の貨物列車も利用するんです。１４３５ミリメートルの新幹線と１０６７ミリメートルの在来線の貨物列車が、両方トンネル内を走れるように三本のレールが敷かれているんです」

こうした説明をいつもしているのか、アテンダントは慣れた感じで教えてくれた。

そんな車内放送があってしばらくすると、新幹線が警笛をフワァと鳴らす。

《そろそろ、青函トンネルでございます。青函トンネルは全長53・85キロ――》

次の瞬間、ゴォと空気を圧迫する音が響き、はやぶさ13号はトンネルに飛び込んだ。

車内は飛行機の室内で聞くようなゴォォという低音に包まれ、両側の車窓には灰色の壁が迫ってきて、それ以外には何も見えなくなる。

見えるものは白いビームとなって後ろへ飛んでいく壁に設置された照明だけ。

薄暗い車内には定期的に明かりが走り込み、クラブの中のようにフラッシュが走った。

さすがに世界有数の青函トンネルだけあって、時速百六十キロで走行していたにもかかわらず、二十分くらいの時間がかかった。

あまりにも単調な光と音に眠ってしまいそうになった時、突如強い光が車内に射し込む。一発で酔いも眠気も醒める。

「わぁ〜北海道だ！」

車窓左には広い大地がどこまでも続く、北海道らしい景色が広がっていた。一区画一区画が大きい畑がなだらかな丘に広がり、その遥か彼方には本州ではあまり見かけない、すそ野の広い雄大な北海道の山々が見えた。

しばらく走ると、右の防音壁の間から津軽海峡の群青色の海面が太陽の光を受けてキラキラ輝いているのが見え、その向こうには今までいた本州が霞んで見えた。

大人になって初めて上陸した北海道の大地は、私には光り輝いて見える。

ここから新しい人生が始まると思うと、自然にテンションが上がった。

第二章　コテージ比羅夫（ひらふ）

北海道に入ってからはどこにも停車せず、やがてスピードをかなり落としたはやぶさ13号は、終点新函館北斗に13時34分に到着した。

私はしっかり飲めたので、いい感じででき上がった。

「北海道に着いた〜」

グランクラスの10号車は先頭車なので、12番線の一番前の方へ降りて両手を挙げる。

私は鉄道ファンじゃないけど、ホームの先端から先頭車をスマホカメラで撮った。

今はここで行き止まりだけど、その向こうには札幌へ延びる予定の高架橋が続いている。

ほんの四時間ほど北へやってきただけなのに、朝、本社で退職の挨拶をしていたことが数万光年の彼方へ置いてきた出来事のように感じた。

東京とはまったく違う、少し冷たい風が髪をなでた。

「さて、比羅夫へ行くか！」

意気揚々とスーツケースを引きながらホームを歩く私だが、実は比羅夫がどこにあるのか知らない。東京の事を知らなくても、東京駅に到着した時点で「池袋はどこですか？」

と聞けば行くことができるからだ。

「北海道に着いてから、誰かに聞けばいいだろう」

そういうつもりでやってきた。

それに「辞める！」と決めてからの一週間は、人生最大の忙しさだったので、旅行気分で下調べをする余裕はなかったのだ。

ホーム中央にあった黒い手すりのエスカレーターに乗って一つ上の階へと上る。

周囲が全てガラス張りの駅構内にはお土産を売る売店がありベンチシートが並べられているが、その上に魚焼き器のような巨大ヒーターが設置されているところが北海道らしい。

きっと、こういう物がないと耐えられないくらい寒くなるってことよね。

オレンジのストッパーの付いた自動改札機を抜け、自動券売機の上の運賃表を見上げる。

だが、比羅夫が見当たらないので、みどりの窓口に入って駅員に聞いた。

「比羅夫ってどこですか？」

「比羅夫はここから長万部(おしゃまんべ)まで行って、そこから小樽(おたる)方面行き普通列車に乗り換えて八駅目ですね」

八駅ってことは……そんなに遠くないってことか。

「じゃあ、比羅夫までの切符を一枚ください」

「乗り換えの長万部までは、特急をご利用されますか？」

一瞬「特急？」と首を傾げる。

理由は東京でＪＲの特急なんて乗る機会は、まったくなかったからだ。

「比羅夫は特急料金のかからない電車では、行けないんですか？」

駅員は少し苦笑いしながら、時刻表をパラパラとめくって答える。

「いえ、14時57分発の長万部行に乗って、長万部で20時発小樽行の最終列車に乗れば、まだ今日中に比羅夫へ行くことができますよ。比羅夫到着は21時25分ですが……」

「はっ、はぁ!?　さっ、最終!?　到着が21時半になるんですか!?」

まだ、太陽が煌々と射している13時台なのに、すごいことを言われてしまった。

「はい……すみません」

駅員はすまなそうな顔で小さく頭を下げた。

北海道の広さをナメちゃいけなかった……。

そして、アルコールはしっかり入っていたが、さすがに少し小腹が減ってきた私は「そういえば、長万部といえば名物駅弁があった！」と思い出す。

「すみません。じゃあ、長万部まで特急でお願いします」

駅員は微笑みながら「分かりました」と機械を操作して切符を二枚作ってくれる。

「では、新函館北斗から比羅夫までの乗車券と、長万部までの『特急北斗13号』の特急券になります。これなら比羅夫に18時過ぎには着きますから。2番線から14時12分の出発になりますので」

「ありがとうございます」

私はお金を払いながらお礼を言った。

切符を確認すると4号車の指定席だった。

みどりの窓口の左にあった在来線改札口から再び駅構内に入り、エスカレーターを下って「小樽、札幌方面」と書かれた2番線へ出る。

新幹線が開通したことで造り替えられたと思われる長いホームはとてもキレイだった。

14時11分になると、先頭が青い銀の車体の列車がドドドッとやってくる。

線路の上に電線はあるが、列車の屋根には電気を取り込むパンタグラフはない。

「確か……これは気動車でディーゼルカーだったかな？」

トラックやバスのようなエンジンを響かせて通過していく車両を見送りながらつぶやく。

東京では鉄道を走る車両はだいたい『電車』と言って間違いないが、実は少しローカルなところへ行くと、軽油を燃料にして走る『気動車』が多く走っている。

気動車は線路の上に通っている電線の「架線」から電気をもらう必要がないので、屋根の上にはパンタグラフと呼ばれる「く」の字型の装置を積んでいないのだそうだ。

反対に各車両にはディーゼルエンジンを搭載しているので、デッキ近くの屋根には黒くなっているマフラーが見え、排気ガスの臭いが周囲に漂っている。

七両編成の北斗13号が停車して扉が開くと、4号車のデッキから乗り込んだ。

中は真ん中の通路を挟んで左右にエンジの二人用シートが並ぶ。

平日の14時頃に利用する人は少ないらしく、車内はガラガラの状態だった。

すぐにホームに車掌の笛の音が響いて扉が閉まり、列車はドドッと走り出す。

床下からはガタンゴトンというレールのつなぎ目を車輪が渡る音が響き、直線や登り坂になった時はエンジン音が大きくなって車体が振動する。

さっきまでの新幹線とは違って「走っている」ということがヒシヒシと伝わってきた。

新函館北斗を出ると、あっという間に街並みが消えて北海道らしい原野に変わる。

線路沿いにはクマザサに覆われた林が続き、野生動物が今にも飛び出してきそうだ。

途中の停車駅である大沼公園（おおぬまこうえん）の手前では、紅葉した森に周囲を囲まれた湖に沿って走り出し、湖の向こうには渡島富士（おしまふじ）と呼ばれる北海道駒ヶ岳（ほっかいどうこまがたけ）が見えている。

北海道駒ヶ岳を逆さにして映す鏡のような湖が、幻想的な風景を創り出していた。

東京でも毎日「電車に乗って」いたが、盛り上がることなんてなかった。

車窓から見えるものが変わるだけで、どうしてこんなにも気持ちが変わるのだろう。

私は初めての北海道の風景を見ながら思った。

次の停車駅は「森(もり)」とかいう北海道らしい大らかな駅名だが、駅は海岸沿いにあって森の中にあるのではなかった。

長万部には新函館北斗から特急で四駅、約一時間後の15時20分に到着した。

ここで列車から降りてきた客は四人だけで、駅は広いが人気はまったくない。

午前中に東京を出たのに、既に15時半なことにびっくりする。

「もう、日がかげってきてるし……」

北海道の暮れは早く、既に太陽が山の向こうに入ろうとしていた。

さすがに酔いも醒めて、お腹も減ってきた。

「こんなところなんだ。駅弁が有名だから、もっと賑やかな場所かと思ったのに……」

2番線に着いたので、一旦線路をまたぐように架かる木造の古い跨線橋(こせんきょう)を渡って駅舎まで進み、駅員に「駅弁を買いたいのですが」と説明して途中下車を許可してもらい改札口を通り抜ける。

「お客さん。お探しの駅弁は『かにめし』ですよね？」

「そうです。確か長万部駅では有名ですよね？」

振り返りながら聞くと、駅員は駅の外をクイクイと指差す。

「今は駅売店では扱っていないので、すみませんが駅舎広場の左側にある『かにめし本舗かなや』さんで、ご購入いただけますか？」

「ご親切にありがとうございます」

駅員に言われた通りに歩いていくと、二分ほどで白い壁に『駅弁　かにめし本舗』と書かれた店があり、私は店内で一つ千円の「かにめし」を買ってから長万部駅へ戻った。

「無事、かにめしをゲットできました！」

白いビニール袋を挙げながら微笑むと、駅員は跨線橋の方を指差す。

「16時38分発の小樽行にご乗車ですよね？　4番線からの発車ですから」

私は少し驚きながらペコリと頭を下げた。

「はっ、はい。ありがとうございます」

こんなことは東京では一度もなかった。

なんだろう？　北海道の駅員は、皆さんとても親切で優しい。

東京ならホテルのコンシェルジュが務まるんじゃないだろうか？　いや、あんな人達がうちの居酒屋チェーンにたくさんいてくれたら、私は仕事を絶対に辞めなかっただろう。

少しほっこりした気持ちで駅構内へと戻った私は、近くの自販機で温かいお茶のペットボトルを買ってから、再び跨線橋を通って4番線へと向かう。

まだ、発車まで約一時間もあるのに、既に4番線には小樽行普通列車が停車しており、ゴロゴロという大きなディーゼルエンジンの音が階段の上まで響いてきていた。

階段を一番下まで降りた瞬間、私は大声を出してしまう。

「えっ⁉　たった一両⁉」

私の乗る列車は一両編成なのだ。こんなのは東京で見たこともない。

徹三じいちゃんのコテージってどんなところにあるの？

一瞬、そんなことが頭を過ったが、夕暮れをこんな北海道のローカルな場所でむかえてしまった以上、この列車に乗って比羅夫へ向かうしかない。

まだ真新しい銀の車体には、真ん中に黄緑のラインが入り、側面には大きくアルファベットで「ＤＥＣＭＯ」と書かれていた。

正面のオレンジのＬＥＤ行先表示板には「小樽」と表示されている。

開いたままの扉を通って車内へ入る。

「へぇ〜ローカル線なのに、新しい車両なんだ」

こんな路線だったら、きっと古い車両が走っていると思っていたが、意外なことに床もシートもピカピカの新型車両だった。

真ん中の通路を挟んで左側には一人用、右側には二人用の向かい合わせになった、上半分がグレー、下半分がエメラルドグリーンのオシャレな雰囲気のシートが並んでいたが、乗車していたのは五人くらいしかいなかった。

私は空いていたフカフカの一人用シートに座り、スーツケースを広い通路に置く。

それから誰も乗ってくることはなく、出発時刻となって扉がプシュッと閉まる。

「北海道って発車メロディが鳴らないのね」

数分おきに電車のやってくる東京では、発車の度にベルやメロディが鳴っているのに、乗り過ごせば次の列車が数時間ないような北海道では、そういった物はないところが不思議に思った。

グランクラスから特急列車となり、ついには単なるローカル列車となってしまった。

エンジン音が響き、車内はビリビリと振動した。

さっきの特急列車よりも騒音は大きかった。

私は両手を天井へ向かって伸ばすと、フゥと大きなため息をつく。

「まぁ、いまさら焦ってもしょうがないし……」

ペットボトルの蓋を開けてお茶を少し飲むと、長万部で手に入れた駅弁を開く。

「うわぁ〜おいしそう。さすが老舗（しにせ）の駅弁！」

長万部は蒸気機関車の繋ぎ換えを行っていた駅だから、昔から続く名作駅弁がある……。

これも鉄道好きの七海から聞いていた情報だ。

お弁当箱は縦に持つと、左手にピッタリと収まる少し小型の木製の折。

中身の多くの部分を占めるのは、かにの身とタケノコと一緒に炒られてオレンジ色になったフレークがかかったご飯。

お箸ですくって口の中へほうりこむ。

「なにこれ？　冷えているご飯なのに、とてもおいしい！」

フレークにはかにのうまみが凝縮されていて、ご飯が進みまくってしまう。

箸休め用として自家製つくだ煮、味付けしいたけ、柴漬け、梅干しが入っている。

私は原生林の続く車窓を見ながら、かにめしを楽しんだ。

長万部から小樽までの函館本線では、バスのような運転士しかいないワンマン運転。

無人駅での改札作業は、全て運転士が一人でやることになる。

駅で降りる人は一番前の運転台の後ろまで歩いて行き、列車を停車させた運転士が扉を開いてから振り返り、客から切符や運賃を受け取り運賃箱に入れる。

もちろん、駅のほとんどは無人駅。

車窓からホームを見ていると、列車から降りた客は駅員のいない改札口や駅舎へ向かうことはなく、ホームを思い思いの方向に歩きだして適当に駅を出て行く。

「なんて大らかなんだろう」

北海道のローカル駅には周囲を囲むフェンスはないので、家に近い場所からみんな出て行くのが暗黙のルールになっているようだった。

最初のうちに停車する二股(ふたまた)、黒松内(くろまつない)辺りで客は降り始め、新たに乗ってくることはないので、七つ目のニセコを出た頃には車内には私しか乗っていなかった。

時刻は18時前となっており、周囲は暗くなってきた。

ニセコの先にはトンネルがあったが、ここを抜けると原生林は更に濃くなった。

この辺りは街灯も車のヘッドライトも見えない真っ暗な場所で、闇を切り裂くようなヘッドライトを点(つ)けた列車は、熊かエゾシカでも出没しそうな密林に敷かれた線路の上を右に左にカーブしながらゆっくりと走り続けた。

車内に聞こえるのはコトンコトンと響く走行音だけで、このだだっ広い車両に運転士と私しかいないと考えると、何だか変な感じがする。

まるであの世へ連れて行かれそうになった、銀河鉄道の夜のワンシーンのよう。

窓に手を当てて改めて外を見つめるが、見えるのは車窓から漏れる明かりによって照らされた深いクマザサの草原だけだった。

少し怖くなってきた私がゴクリと生唾を飲み込んだ瞬間だった。

ピンポンと車内放送を知らせるチャイムが鳴る。

「ひゃ――――!!」

少し怯えていた私は身を縮ませて声をあげた。

信じられないことに、こんなまったく光のない場所で車内アナウンスが流れ出す。

《次は比羅夫です。比羅夫地区へおいでのお客様にご案内です。比羅夫駅からは交通機関がございませんので、比羅夫では降りずに倶知安からバスやタクシーをご利用ください》

「公共交通機関がないって!? どんなところなのよ!? 比羅夫って!」

コテージの最寄り駅である比羅夫には、なんとバスもタクシーもないという。

哲也おじさんから「徹三じいちゃんのコテージは、駅から徒歩0分だよ」と言われていたこともあって、私はコテージについては、まったく検索することもなくやってきたのだ。

駅が近づいてきて減速を開始した列車の窓に、顔をピタリとつけて比羅夫駅周辺をチェックするが、駅舎の灯りとホームを照らす野外灯しか光はない。

駅前にはレンタルビデオ、ファミレス、コンビニはおろか、どんなローカルな町にも必ずやあるはずのオンボロスナックさえなく、民家の灯りも見えなかった。

「ほっ、本当にここなの？」

私は思い切り戸惑ってしまうが、無情にも列車は比羅夫駅に18時5分に到着する。

スーツケースを引きながら、窓からホームを見ると、確かに「比羅夫」と黒字で書かれた白い大きな古そうな駅看板が立っていた。

ここが比羅夫で間違いない……ってことね。

私は切符を運転士に手渡しホームに降りる。

後ろで扉が静かに閉まり、フィィと気笛を鳴らしてから、小樽行の列車は一本しかない線路を走り去っていく。

スーツケースと共にポツンと立つ私だけを残して……。

比羅夫駅は典型的なローカル線の駅。

線路の片側に四両編成の列車が停まれる程度の長い石造りのホームが延び、そこに斜めに傾いた木製の柱が二本あり、丸いかさのついた電球が一つだけボンヤリと点いていた。

比羅夫も周囲を囲むような柵も塀もなく、どこからでも出入り自由な雰囲気。

長万部寄りには青い三角屋根を持つ二階建ての古い木造駅舎があるが、ここも例外なく無人駅のようで、誰もいない待合室の蛍光灯だけが光っていた。

白い壁の駅舎の前には、バーベキューで使うような薪が整然と積み上げられていた。

待合室を通って駅前広場へ出て行く構造になっているが、そこには灯りもなく車内放送にあった通り、タクシー一台停まっていないしバスが来ることもない。

カーブの向こうへ消えた列車が鳴らしたファァンという警笛が響く頃には、駅の周囲からはチチッとたまに鳴く虫の声しか聞こえてこなかった。

真っ暗な草原の真ん中にポツンと立つ比羅夫の駅は、まるでファンタジー映画に出てきそうな、関東の常識では考えられないような、ドのつくローカル駅だった。

「こっ……これは降りる駅を間違えたのよね……きっと」

二階建ての木造駅舎の前に立って周囲を見渡してみても、コテージなんて呼べるような建物は一つも見えなかったからだ。

つまり、北海道にはひらふという名前の駅がもう一つ存在するか、私がコテージの最寄り駅の名前を聞き間違えたってことだ。

スマホで哲也おじさんに電話してみるが、出ることはなく留守番電話になってしまう。

「もう〜こんな時に……」

私はカラカラと引き戸を右へ開いて、蛍光灯に照らされている待合室へ入る。

どこにでもありそうなローカル線の待合室は、八畳ほどの大きさで壁沿いにはプラスチックの椅子が八脚ほど置かれていた。周囲の壁には「踏切事故防止」や「ホームからの転落注意」といった、いつ貼ったかも分からない古いポスターが並んでいた。

私が少し焦っていたのは、このローカル線は列車の本数が少ないからだ。

きっとこの時間から函館へは戻れない。

もしかすると、長万部くらいまでは戻れるかもしれないが、さっき見た感じだと駅前には、ビジネスホテルなど一つもなさそうな雰囲気。

「だったら、小樽へ出た方がいいかな？」

私は小樽方面へ出て泊まるところを探し、徹三じいちゃんのコテージについては、あとで哲也おじさんに詳しい場所を聞き直すことにした。

壁に貼られていたスカスカの時刻表を見つめる。

「とにかく次の列車で小樽方面へ移動するしかない」

だが、次の列車は小樽行の最終列車で比羅夫21時25分発しかないと分かり、思わず力が抜けてコンクリートの床に膝をついてしまいそうになる。

「さっ、三時間も〜。こんな何もない場所でぇ？」

いくら秋とはいえ、北海道の九月の夜はかなり寒い。

太陽が沈んでしまったことで気温が一気に下がり、暖房設備もなく密閉性もたいしてない待合室の中は、外とあまり変わらない気温へとなっていく。

気温が低いと思ったからこそ、東京なら一番寒い時にしか使わないN－2Bジャケットを着込んできたのだが、腰から下はデニム一枚なので深々と冷え込んでくる。

「どっ、どこかに居酒屋くらいないの？」

グランクラスではあんなに快適だったのに、突然こんな目に遭った私は諦めきれず、スーツケースを置いたまま引き戸を開いて駅舎から出て、本当にそういった店の灯りが近くにないのかをホームから確かめることにした。

「この辺の人たちは、お店でお酒を飲まないの？」

ホームの端で背伸びをするが、車の音さえも聞こえてこない。


じっと遠くを見つめていた時だった。

線路の向こうに広がる暗闇のクマザサの草原からガサガサと音が響く。

植物の知識は乏しいがクマザサというくらいなんだから、熊の大好物なんだろう。

よく熊のイラストにも一緒に描かれているし……。

徹三じいちゃんから「コテージの近くに熊が出てな」と聞いたこともあった。

「なっ、なに⁉　こっ、これは熊⁉」

私は右足を後ろへ下げながら、いつでも逃げ出せるように後ろへ体重をかけていく。

クマザサを擦りながら歩く音は、困ったことに近づいてくる。

振り返って見れば、駅舎の白い壁には「熊出没注意」の黄色い看板。

熊に会った時はどうすればいいんだっけ？

待合室へ逃げ込むのが安全だと思うのだが、扉は熊のパンチで軽く吹き飛びそうなペラペラの引き戸一枚。

いや、ここはなるべく遠くまで逃げた方が安全に違いない。

そう思った私がクルリと背を向け、ホームを走り出そうとした瞬間だった。

ガサッとクマザサが一番大きく鳴った！

「おい！　こんな時間にそっちへ行ったら熊が出るぞ」

なぜか男の人の声が背中に当たる。

「こっ、こっちにも熊が⁉」

急いで立ち止まった私は、振り返って線路脇に立つ男の人影を見つめた。

その人は踏切でもない線路を気楽に横断し、両手で持っていたダンボール箱をホームに置くと、プールから上がるみたいに「よっ」とこっちへ上ってきた。

ダンボールを拾い上げゆっくりと歩いてきた人が、駅舎の灯りの下へ入ったことでやっと顔が見えた。

男の人の年齢は私と同じ歳くらいで、身長が百八十センチ以上あった。

とてもシャープな整った顔立ちで、体育会だったうちの会社では見ることもない、理系の秀才タイプのような雰囲気だった。

自衛官や警察官にはいそうだが、保育士にはいなさそうなタイプ。

耳にかかるかかからないくらいにカットされたストレートの黒髪は、真ん中で分けられていて歩くたびに自然な感じに揺れる。

黒い眼鏡の奥には切れ長な目が見えたが、視線は鋭く少し冷たい感じもした。

下には黒いデニムのパンツを穿き、上には清潔そうな白い丸首セーターを着て、その上に黒のダッフルコートを着込んでいた。

私の方へ向かって歩いてきた男の人は、ザッとスニーカーを鳴らして目の前で止まる。

身長百五十五センチと高い方ではない私は、見上げるような感じになった。

近くで見るとハッキリ分かるが、ホストでもやれそうなくらいのイケメンだ。

「あんたが桜岡美月か？」

「えっ⁉　どうして私の名前を？」

突然名前を呼ばれた私は、驚いて聞き返す。

「当たり前だろ。桜岡哲也さんから『今日行くから』って連絡が入っていたんだから」

「おじさんから？」

首をひねった私は、少し頭を整理してから「あっ！」と男の人を指差した。

「もしかして、あなたが『東山亮(ひがしやまりょう)』さん？　徹三じいちゃんのコテージの」

あいそよく微笑むこともなく、静かにうなずいてから頭をほんの少しだけ下げる。

「あぁ、そうだ。コテージ比羅夫で働かせてもらっている」

この人が徹三じいちゃんのコテージで働いている従業員さんなんだ。

てっきりお年寄りだと思っていた私は、突絶降って湧いたイケメン従業員との出会いにテンションが上がる。

私は口角をめいっぱいに上げて、大きな声で挨拶を返しながら右手を差し出す。

「徹三じいちゃんの孫の美月です。今日からよろしくお願いいたします！」

私の右手を一瞬だけ摑んだ亮は、すぐに離して視線を右下へ逸(そ)らす。

「あっ……あぁ。そうだな……」

東山さんは人付き合いのいいタイプではなく、無愛想といった感じだった。

こういうタイプも会社にはいなかったんだよねぇ。

大手居酒屋チェーンに「就職しよう」なんて思う人間が静かなわけもなく……。

人事部も「オスっ、体育会系っす」みたいな人ばかり採っているらしいので、全員声が大きく挨拶は全力でやるタイプばかりで、初対面でもガハハと握手する人が多かった。

ってことは……亮さんがコテージから、迎えに来てくれたってことね。

「お迎えありがとうございます。でも、私が降りる駅を間違えたのに、よくここにいるのが分かりましたね」

「はぁ？　それはどういうことだ？」

私の横をすり抜けた亮は、駅舎の引き戸を開けて待合室へ入っていく。

仕方なく私は、亮の後を追って待合室に入る。

「だって、哲也おじさんからは『コテージは駅から徒歩０分』って聞いていましたけど、この比羅夫駅近くには、そんな物なんてどこにもないじゃありませんか？」

私は首を左右に振りながら聞いたが、亮は動じることもなく答えた。

「あるじゃないか」

まったく予想外の答えに、私は思わず首を十度くらい傾ける。

「どこにあるんです？　駅周辺は真っ暗じゃないですか」

ダンボールを持ったまま器用にダッフルコートのポケットから鍵束を取り出すと、今は使われてない駅員室のドアの鍵穴に差した。

どうしてそんなところの鍵を開ける？

私の戸惑いを無視して亮は鍵を開き、ノブを持って手前に開いた。

「いいんですか？　駅員室なんて勝手に開けちゃって……」

心配して聞いたが、亮はフッと小さく笑うだけ。

中へ入って近くにあった電気のスイッチをパチパチといくつか押す。

すると、待合室にあったスポットライトも点いて、その先の木製看板を照らす。

そこには彫刻で文字が刻まれていた。

「……コテージ比羅夫？」

ダンボールを駅員室に置いた亮が、ドアから再び顔を出す。

「ここだぞ。コテージは……桜岡美月」

「えっ――!!」

心の底から驚いた私は、ホームの側の引き戸を開いてホームに飛び出した。

そして、口の両側に両手をあてて叫ぶ。

「徹三じいちゃんのウソつき――!!」

私の声は真っ暗なクマザサの草原に消えていった。

もちろん、高級リゾートホテルのオーナーになれるなんて思ってはいなかったが、北海道のコテージと聞いていたから、ログハウスとか赤毛のアンみたいな家の中で、おいしい料理のフルコースが出るオーベルジュのようなものを想像していたのだ。

いやいやいや、小さなペンションでもいいと思っていたし、最近増えつつあるようなオシャレでかわいいゲストハウスかもしれないという覚悟もあった。

それが……「ローカル線の廃屋みたいな駅舎」ってなに？

あまりのショックに口から、体の中の何かが出ていってしまいそうになる。

建物はホームに新たにコテージを建てたのではなく、どう見ても築三十年以上の単に古いだけの駅舎。簡単に言えば廃屋を改造して作られた宿泊所だった。

つまり徹三じいちゃんは無人駅となって誰も使わなくなった駅舎を、たぶん鉄道会社から許可をもらって借り、コテージにして経営していたってことだ。

少し上がっていたテンションが、一気に最低ラインまで落ちる。

そこで亮が扉から顔を出したまま私に聞く。

「どうした？　入らないのか？　桜岡美月」

てか……そう言えば、なぜこの人はフルネームで私のことを呼ぶ。卒業式か？

私は待合室に置きっぱなしになっていたスーツケースのハンドルを乱暴に握り、ぶっきらぼうに答える。

「入りますぅ！」

今まで軽く感じていたスーツケースが、本でも詰め込んできたかのように重く感じながら歩いた私は、ガックリと肩を落とした状態で扉から中へ入る。

「お邪魔します！」

「自分の家に入るのに『お邪魔します』はないだろう」

部屋の中を忙しそうに歩き回りながら亮はつぶやく。

元駅員室と思われる場所へと入った私は、予想外の室内に「へぇ〜」と口を少し開く。

建物の外装は古いままだったが中は大きくリノベーションされていた。

扉の向こうは玄関になっていたので、私はスーツケースをそこに置いたまま靴を脱いで上がり、亮が用意してくれたスリッパに履き替える。

元々は切符などを販売していた駅員室と思われる場所は、ログハウス風のおしゃれなダイニングルームに改装されており、部屋の中央には丸太を切って作られた六人掛けの大きなウッドテーブルが置かれていた。

ホームに向かって並ぶガラス窓の前はウッドカウンターになっていて、そこに座りながらお茶を飲んでいれば、ホームに入ってくる列車を眺めることができるようになっている。

全ての椅子は切り株を加工してニス塗りしたような重厚なものだった。

広い部屋の奥には黒い大きなダルマストーブがあり、亮が帰ってきて真っ先に火をつけたらしく、室内には木の燃え始めの臭いが漂っていた。

これは薪ストーブで、外に積み上げられていた薪を使用するようだった。

着いた時には最低限の照明しか点けていなかったので不気味な感じがしたが、今は天井から吊られた琥珀色のペンダントライトカバーを通した柔らかな飴色の光で、室内がやさしく包まれている。

ここに座っている分には、確かに「コテージ」と言ってもウソじゃない。

「中はちゃんとリビングになっているんですね」

部屋の中を見回しながらつぶやくと、部屋の奥の階段を降りてきた亮は私のスーツケースのキャスターの汚れを拭いてからすっと持ち上げる。

「当たり前だろ。駅員室のままだったら、どうやってお客さんを泊めるんだよ?」

「そっ、そりゃそうでしょうけど……」

言っていることは間違っていないけど、他に言い方ってない？　一応、私、これでもこのオーナーなんだから……。

「そういや、今日は悪かったたな」

「なにがです？」

「本当はもっと早くコテージへ戻るはずだったんだが、車で買い出しに出たら駅から五百メートルくらいの場所で故障して停まっちまってな。車屋に引き取りにきてもらって、歩いて戻ってきたから遅れたんだ」

「そういうことだったんですか」

そのおかげでここに対する第一印象が大幅に悪くなったのは間違いない。

「スーツケースは、オーナー部屋へ持っていっておくからな」

「あっ、すみません」

奥へと消えて行こうとした亮は「そうだ」と首だけ回して私に聞く。

「夕食、まだだよな？」

「えぇ、今日はずっと列車に乗っていたから」

高校の部活から運動を続けてきたこともあって、今でもかなりの量を食べる方。だから、さっきの「かにめし」くらいなら、おやつといった感じだ。

「今日は宿泊客もいないから、とりあえず夕食にするか」

「じゃあ、手伝いますよ」

私が一歩足を前に出すと、亮は首を横に振る。

「いや、今日はお客さんでいい」

「そうですか……。じゃあ、よろしくお願いします」

右手を軽く挙げた亮は、そのままリビングの奥へと消えた。

手持ち無沙汰となった私はリビングに飾られているものを見て回る。

さっきの列車の横に吊られていたような行先表示板を始め、どこかの駅の看板、記念切符の入った額、列車の写った写真を大きく引き伸ばして額に入れて飾っていた。

「これはブルートレイン？」

その中には比羅夫駅の前を通過していく「北斗星」と書かれたヘッドマークをつけた青い寝台列車の写真もあった。

部屋の内装やインテリアはウッディなとても落ちつきのあるもので、私は初めてここへやって来たのに「帰ってきた」と感じてしまうようなやさしい雰囲気だった。

そういえば……確か「従業員さんは住込み」って言っていたっけ？

だとすると、今夜はここで亮と二人きりってこと⁉

そんなことを意識してしまうと、少し心拍数が上がる。

廊下からこちらへ向かってくる足音が聞こえたので振り返ると、亮がトレーに食材をのせながらリビングに出てきた。

「その格好は？」

真っ白なコックコートに着替えていた亮は、少しだけ照れたような顔をする。

「一応、これでも飲食業だぞ」

リビングで鍋でもするのかと思ったが、私の前を通って玄関へ向かう。

この寒いのに外で食べるの？

「どこへ行くんです？」

その瞬間、亮はニッといたずらっ子のような顔で微笑む。

「夕食って言ったろ。コテージ比羅夫名物といったら、これだぞ桜岡美月」

「コテージ比羅夫名物？」

コックコート姿の亮は、待合室に出てから引き戸を開いてホームに出る。

どこで夕食を食べるのよ？

数メートル歩いた亮は、ホームの端にあった半分に切った横倒しのドラム缶の横にトレーを置いた。

そして、横のガレージにあった棚から大きな金網を出してその上に置く。

「もしかしてここがバーベキュー場なんですか⁉」

半分に切られたドラム缶は、お手製のバーベキューグリルだった。

「あぁ、そうだ」

亮は木炭が一杯に入ったバケツをガレージから持ってくる。

「ここってホームなのに、バーベキューとかしていいの？」

「いつもホームでやっているから大丈夫だ」

「すごいなぁ北海道って……」

改めて「試される大地」の大らかさに感動すら覚える。

私は、関東でホームでバーベキューができる駅なんて聞いたことはないし、きっと煙で電車が停まってしまうんじゃないだろうか？

「徹三さんが『せっかく駅のコテージなんだから、ホームで夕食を食べられた方が楽しいだろ』って言って、開店当初からこういう形にしたんだ」

「だから名物なんだ。でも、ホームでバーベキューは楽しそう～」

私も亮も近くにあった木の切り株の椅子を持ち運び、ドラム缶を二人で囲む。

「この椅子やリビングのテーブルやバーベキューグリルといったコテージの備品の全てを、徹三さんが一人で作ったんだ……」

「すごいなぁ。徹三じいちゃん」

「あぁ……本当にすごい人だった」

亮は思い出すようにつぶやき、慣れた手つきでドラム缶の中に木炭を大量にバラ撒き、その上に細かく切った木片を井形に組み上げ、中央にねじった新聞紙を突き刺すと、ポケットから出したオイルライターでカチリと火を点けた。

すぐに新聞紙が明るく燃えだし、その炎が木片へと燃え移り、やがて木炭にも火が点いてパチパチと音をあげながら真っ赤に燃えだした。

男の人が手早く火を起こす姿って格好いい。

木炭に火が点いて遠赤外線が発生すると寒さは感じられず、外でも十分暖かい。

ここへ来た時は寂しくて不気味な駅だったのに、駅舎の窓にオレンジの光が灯り、ホームにバーベキューの炎があると、グランピングみたいな雰囲気になってくるのが不思議だ。

温まったところで亮はトレーから食材をトングで掴み、金網の上に並べていく。

さすがおいしいものが一杯ある大地、北海道。

トレーの上にはメインとして牛や豚と羊などの肉類、エビやししゃもなどの魚介類が並び、その横にはトウモロコシ、ナス、カボチャ、玉ねぎなどの新鮮そうな野菜と一緒に一度蒸(ふ)かしたジャガイモがアルミホイルに包まれて置かれていた。

残念ながら、こんなおいしそうな食材は、自分が勤めていた居酒屋では見たこともない。

「どれもおいしそうですね」

「肉や野菜は、全て知り合いの農家や牧場から分けてもらっている地元食材だし、魚は近くの余市(よいち)港に毎朝揚がる魚介類だからな」

そう言いながら野菜や魚介類を焼く亮は、少し嬉しそうだった。

亮が厚い肉を網へとのせるとジュッと焼ける音がホームに響き、香ばしい匂いがさっと立ち上って、肉の表面には薄っすらと肉汁が溜まる。

いろいろな食材が適度に焼けてきたところで、亮がフッと笑う。

「よしっ、もう食べてもいいぞ」

口の奥に唾液が溜まっていた私は、満面の笑みで答える。

「いただきます！」

割り箸で肉や野菜をとって、キラキラと光るタレにつけてから口へ放りこむ。

普通に焼いて、「自家製だ」と亮が言う焼肉のタレにつけて食べるだけなのだが、これが叫びたくなるほどにうまい！

どこかの料理研究家が「料理は素材で決まる」って言っていたことを北海道で実感する。

同じ調理方法はうちの居酒屋でもできたが、絶対にこんな味にはならない。

自分なりに店長として料理を工夫していたこともあった私は、ただ焼いてタレをつけるだけのバーベキューのうまさに身震いしていた。

赤身の肉は脂が少なく肉本来の濃厚な味がする。

「おいしいですね、このお肉」

「近所の牧場で放牧されて健康的に育った牛だからな。本来の肉の味はこういうもんだ。だが、サシの入った肉を高価で買い取る東京の業者がいるから、どうしても高級な肉というと脂っぽいものの方と思われているけどな」

とても共感してしまった私は、何度も首を縦に振る。

「それ分かります。そういうお肉はおいしいんですが、カロリーも高いからたくさん食べると太ってしまって……。結局、体重を落とすのにフィットネスに通ってランニングマシーンに乗るんですからね……。『東京って何やってんの？』って話ですよね」

亮は倉庫のダンボールの中に置いておいただけでキンキンに冷えたサッポロクラシックビールの五百ミリリットル缶を二つ持ってきて、飲み口側をウェットティッシュで拭いて私に一つ手渡す。

「割と飲める方なんだよな？、桜岡美月」

「いえ、嗜（たしな）む程度です」

「それ……飲む奴しか言わねぇよな」

二人で同時にタブを手前に引く。

プシッという気持ちいい音が二人しかいない夜のプラットホームに気持ちよく響いた。

そして、『乾杯～』と缶のままでぶつけ合う。

缶のままグビグビと咽へ流し込んだ私達は同時に口を離して、打ち合わせでもしたかのようにピタリとタイミングが合って叫ぶ。

「「くっは〜!!」」

こんなうまい料理に、ビールが合わないわけはない。

厳しい仕事を辞めて北海道へ来たことで、思い切り開放的になって叫んでしまったことに、私はほんの少しだけ恥ずかしくなる。

「しっ、失礼しました……」

お酒と恥ずかしさで赤くなった顔を下へ向けると、亮は首を傾げた。

「なんのことだ?」

亮は特に気にしていなかった。

「あぁ……いや、別に……」

私はあいそ笑いをしながら話題を変える。

「テンションが上がりますね。やっぱりホームでバーベキューって!」

おいしい料理とビールですっかり機嫌が直った私が微笑むと、亮は目線を逸らす。

「そうか? ここでは毎日だからな……」

「そっか〜確かに亮さんは、いつもそうなんですね」

亮は少し驚いたような顔で、じっと私の目を見つめた。

「りょ、亮さん!?」

「あれ？　その呼び方はダメでしたか？　東山さんの方がいいですか？」

「いや……それだと、きっと、後々面倒なことになるからな……」

そうブツブツ言った亮は、最後にポツリとつぶやく。

「……それでいい」

「そうですか。では、私は『亮さん』って呼びますね。それから、私のことを『桜岡美月』って呼んでいるけど、そこは美月でいいですから」

亮は少し戸惑いながら線路の方に目を移す。

「みっ、美月……な」

「氏名で呼ばれたら『はいっ』って返事しそうになりますから」

亮は飲みながら、小さくうなずいた。

第三章　予約なしのお客さん

人生初めてのホームでのバーベキューはとても楽しく、久しぶりにゆっくりとした夕食をとることができた。

夕食を食べ終えた私たちが、食器や火の後始末を始めた時だった。

遠くを見ていた亮はすっと首を動かして小樽方面に顔を向ける。

その瞬間、遠くからカタンコトンとレールの隙間を車輪が渡る音が聞こえてくる。

まだ比羅夫初心者の私には、列車が接近してくる兆候がまったく摑めなかった。

「今、列車が来るのが分かったんですか？」

亮はフッと笑う。

「比羅夫には小樽方面行の下りが七本、長万部方面の上り七本の合計十四本しかやってこない。そして、時刻表が変わることも何年もない。だから、汽車の来る時間は体が覚えてしまっているんだ。次は21時2分発の長万部行だ」

汽車って本当は蒸気機関車のことをいうのだが、徹三じいちゃんもそうだったけど北海道の人は線路の上を走る物は全て「汽車」と呼ぶことが多いのだ。

「それは駅で生活すると身につく特殊能力ですね」

私が褒めると、亮は苦笑いした。

「そんなすごいもんじゃない」

一両編成の車両がゆっくりと近づいてくると、ガァァという大きなエンジン音が聞こえ、私達のバーベキュー場は正面上部に煌々と光っていた二つのヘッドライトによってスポットライトのように照らされた。

改めて自分達の状況を見つめ直した私は、その不思議な光景におかしくなってくる。

同じ日本の中なのに数時間列車で移動すれば、こんな非日常空間があるなんて……。

比羅夫は廃線の駅じゃない。すぐ側の線路上には単線とはいえ、函館本線という立派な路線が走っているのに、そんなホームでバーベキューを囲めるなんて。

列車に乗っていた観光客と思われる外国人は、珍しそうに窓からこっちを指差して見ながらスマホカメラで撮っていた。

運転士が私達へ向かって右手を挙げて挨拶すると、亮も答えるように火ばさみを持った右手を高く挙げて答える。

その後に運転士がドアの方を指差す動きを見せると、亮は右目だけ少し大きくする。

「比羅夫に下車する客がいる～？」

亮は運転士からのサインに疑うような声をあげた。

「そりゃいるでしょう。駅なんですから……」

ホームを見つめながら、亮は首を左右に振る。

「いや、この時間の列車だったら、布部(ぬのべ)さん家の涼子(りょうこ)ちゃんが乗っていると思うが、運転士があのサインをする時は、地元の人以外の下車客がいる時なんだ」

「またまた～。そんな全ての列車の乗降客を覚えているんですか？」

私が冗談かと思って聞き返すと、亮は表情を変えることなく真顔で頷く。

「当たり前だろ」

そっ、そうなの!?　駅を利用する全ての人を覚えられちゃうものなの!?

すぐに前の扉がプシュッと開き、ジーンズ姿の女子と細い縦じまのスリムなダークスーツを着た二十代中頃と思われる男の人が、ポケットに手を突っ込んだまま降りてきた。

たぶん、女子の方は布部涼子ちゃんだろう。

私はもう一人の男の人を見ながら聞く。

「今日は『宿泊客もいない』って言っていませんでした？」

「あぁ、予約は一つも入っていない」

大きな荷物も持っていないその人を、私は旅行者ではないと感じた。

「ということは……比羅夫へ会社から帰ってきた方なんですね」

私がつぶやくと、亮はじっと男の人を見ていた。

「いや、あんな人間は、比羅夫にはいない」

「そんな〜比羅夫にはいないって……。町の人を全て覚えているんですか？」

私が「まさか〜」と思って聞いたのだが、亮はやっぱり真面目な顔で答える。

「そんなの当たり前だろ」

えっ⁉ 町に住む人も全部覚えている⁉ 一流ホテルのドアマン？

扉を閉めた列車はファンと一回警笛を鳴らしてから走り出し、手を挙げて挨拶しながらバーベキューをやっていたホームから数メートル向こうを通過していく。

改札まで歩いてきた涼子ちゃんは、亮に会釈しながらすれ違うと、改札口を通り抜けてお母さんが運転してきた白い軽自動車に乗り込んで帰っていく。

ホームに残された男の人は、駅から出ていくこともなく駅の周辺を見渡していたが、やがてコックコートの亮を見つけると、こっちへ向かって歩いてくる。

亮は男の人に向かって近づいていく。

「どうかされましたか？」

やればちゃんとできるんじゃん。

私の時とは違い、亮はちゃんとお客さん用の笑顔としゃべり方を持っていた。

「比羅夫に宿があるって聞いたんだけどよっ」

相変わらずポケットに手を入れたままの男の人は、亮に向かって斜に構えたままぶっきらぼうに聞く。

「えぇ、ここでコテージをやっていて、俺はここのコックですけど」

「そうか……」

投げやりに返事する男の人の顔は、病気にでもかかっているみたいに青白く、細めのダークスーツでさえ少しダブつくくらいに痩せていた。

顔が痩せていることで目が窪(くぼ)み、その目の奥の眼光は鋭かった。

あまり身だしなみに気を遣わない人なのか、顎の辺りには不精髭が残っていて、短くした髪はセットもせずそのままといった感じで、足元の黒い革靴は泥で汚れている。

スーツは着ているがネクタイはしておらず、黒いワイシャツは二つ目のボタンまで外していたので、胸元から金のチェーンネックレスが見えた。

遠くから見た時はサラリーマンのようにも思えたが、近づいてきたのでよく見ると、少し危ない仕事をしているタイプのような感じがした。

元居酒屋の店長という職業柄、反社会的勢力系の人の入店はお断りしなくてはいけなかったので、こうした風貌や身なりを自然にチェックしてしまうのだ。

チラリと私の顔を見てから、男の人は亮に聞く。

「今日、泊まれるか？」

「ご予約は――」

「そんなもんはしてないよっ」

亮のセリフに被せるように遮る。

「そう……ですか。では、当日泊ということで……」

「あぁ、そうだ」

「お部屋に空きはあります」

そう言った亮は、私に向かって右目を一瞬閉じてから開く。

「美月、ゆっくりしていていいから」

「えっ？　あ〜はい。分かりました」

私が返事をすると、亮は駅舎の方へ男の人を連れていく。

「では、こちらで宿泊手続きをお願いできますか？」

肩を落として歩く男の人は、堂々と歩く亮について歩いて行く。

最初はそんな姿をボンヤリみていたのだが、

「いや、私もここのオーナーなんだから」

と思い直し、後を追いかけた。

少し遅れた私がリビングに入った時には、男の人は客室のある二階へと続く階段をトボトボといった雰囲気で上っていく姿が見えた。

それがどうしてなのかは分からなかったのだが、身体全体から漂うどんよりした雰囲気が、私はとても気になっていた。

二階へ上がったのを見届けた私は、男の人が書き込んだ宿泊者名簿の紙を確認する。

「黒岩幸四郎……歌舞伎役者みたいな名前ね」

今テレビでもよく見かける歌舞伎役者と同じ名前だったのだ。

横へやってきた亮も一緒に紙を覗き込む。

「偽名……かもな」

「偽名？　ちゃんと身分証明書をチェックしなかったの？」

亮は「なにを言っている？」と左目だけを少し細める。

「ホテルに宿泊する時、運転免許証を出したことがあるか？」

「そっか……確かに。でも、どうして、偽名で宿泊なんてするの？」

宿泊者名簿の紙をファイリングしながら亮は、ため息をつく。

「宿にはいろいろなお客が来る。ほとんどの人は友達、家族、カップルといった普通の人達だが、中には訳アリな人もいるさ……」

「訳アリの宿泊客……例えば？」

「よくあるところでは不倫カップルだったり、もしかすると、逃亡中の犯罪者ってこともあるかもしれないさ」

私はチラリと二階を警戒してから亮を見る。

「はっ、犯罪者だったら通報しないと……」

「それはたとえ話だ。黒岩さんは指名手配されている犯罪者の誰にも似ていなかった」

亮は警察が置いていったらしい「この顔にピンときたら110番！」と大きく書かれた犯罪者の顔写真が並ぶチラシを見せた。

「じゃあ、どうして偽名なんかで？」

「さぁな。だが、そこまで宿の者は、詮索(せんさく)しないもんさ。どんな事情があるにしても、すべて大事なお客さんには変わりない」

私は階段の二階方向を見つめる。

「黒岩さんは夕食に降りてくるって？」

「いや『うちに素泊まり料金はなく、朝夕二食付きの固定料金です』って言ったんだが、夕食は食べてきたから『要らない』って言ってな」

コックの亮としては、コテージ比羅夫自慢のバーベキューを食べて欲しかったみたいだったらしく、少し不満そうな顔で首を横に振った。

私達は同時に階段の上を見つめてから顔を合わせた。

「そう言えば、ごちそうさまでした。本当においしかったです」

心の底から満足だった私は、しっかりと頭を下げてお礼を言う。

「そうか。北海道のものは、なんでもうまいからな」

ほんの少しだけ微笑んだ亮は、玄関へ向かって歩きながら階段とは反対方向に続いていた廊下の方を指差す。

「俺は後始末をしてくる。美月の部屋はその廊下の突き当たりだから」

「あっ、すみません」

亮が玄関から外へ出ていくと、私は階段を半分くらいまで上って二階の廊下を見た。

「こういう風になっているのね」

二階はすべて客室になっていた。

中央に通った廊下を中心に左右に三つずつ合計六つの扉があり、それぞれの扉には「富士」「さくら」などと書かれた丸いヘッドマークのシールが貼ってあった。

一番手前の部屋は七つの星が描かれた夜空をバックに「北斗星」と白い文字で書かれたマークだった。

部屋名はかつて走っていた寝台列車の名前なのね。

元々、この駅舎の二階は駅員が泊まる宿泊所や倉庫があったらしく、あまり改造することなくキレイにリフォームして作られたようだった。

北斗星と書かれた部屋の扉が開いていたので中を覗き込むと、青い生地の貼られた幅一メートル、長さ二メートルほどあるソファのようなものが壁際に設置されていた。

私はこれと同じものを、七海に連れていかれた大宮の鉄道博物館で見たことがある。

「へぇ〜ブルートレインの寝台をベッドにしているんだ」

かつて日本中を走り回っていたらしい寝台列車。

青い車体からブルートレインと呼ばれた車両は、昼間は向かい合わせのシートとして使っていた椅子が、夜になるとソファベッドのように変形してベッドになると聞いた。

徹三じいちゃんは廃車になった列車から、そうしたベッドを譲り受けて部屋に設置したようだった。

元々少ない人数でも簡単に寝台のセッティングができるように作られているので、下段ベッドは手前に少し引き出すだけだし、上段はフックで壁に留めてあったベッドを九十度回して下ろすだけですむから、こうした作業が楽にできるように設置したのに違いない。

すごく静か……。

どこかの部屋に黒岩さんがいるはずだけど、部屋からは物音一つ聞こえてこない。

こんな古い建物なのだからベッドで寝返りをうっただけでギギッと軋む音が一階にまで聞こえてきそうな気もするのに……。

二階を見終えた私は、静かに階段を下ってリビングを通り抜け、さっきまで亮が出入りしていた扉から奥の通路へ入っていく。

一番手前にはキッチンがあった。

元々、駅員用の小さなキッチンはあったらしく、そこを大きくしてカントリー調のシステムキッチンを入れ、食事の準備がしやすいようにキレイに改装してあった。

その横には扉に「東山」とネームプレートの貼られた、亮が使っているであろう部屋があり、その向かいには「従業員用」とプレートの貼ったトイレ。

そして、突き当たりに「乗務員室」と書かれたガラスの小窓がついた青い扉がある。

「これ、もしかして、どこかの車両の扉？」

どこの車両のものかは、さすがに私には分からないが、それが運転士や車掌が使っている扉であることは分かる。

レバー式のドアノブに手をかけて下へ押すと、扉はカチャリと小気味いい音を立てながら開き、滑らかに真っ暗な部屋の中へ向かって動いた。

中へ入って壁際を触ると、スイッチがあったので電気を点ける。

部屋の天井中央に付けられたシーリングライトがパッと電球色に輝く。

六畳ほどの部屋は元々徹三じいちゃんが使っていたのだと思うけど、ログハウスのようなカントリー調の内部はすっかり片付けられていて、遺品らしいものも何も置かれていない。

徹三じいちゃんのお位牌も、哲也おじさんが札幌に持っていったと聞いた。

部屋の奥にはライトブラウンのベッドが置かれ、上に置かれた真っ白なシーツをかけられた暖かそうな羽根布団は新品みたいで、綿菓子のように大きく盛り上がっていた。

右には二重サッシになっている大きなガラス窓があって、その前には徹三じいちゃんが使っていたと思われる重厚なアンティークデスクが置かれており、天板の上にはグレーがかったグリーンの古そうなデスクランプがある。

私のスーツケースは左の引き戸のワードローブの中にキッチリ置いてあった。

「とりあえず、荷物を出しておくか……」

ベッドへ向かって歩いていくと、ピカピカに磨かれたウッドフロアがギシギシと鳴る。

中はリニューアルしたとはいっても、この駅舎自体は数十年前に建てられたものだろうから、あちらこちらにガタはきていそうだった。

私はスーツケースをベッドの上で開き、上着類はワードローブのハンガーに吊るし、下着類は中の引き出しにしまった。

最後に無骨（ぶこつ）な黒いノートパソコンをアンティークデスクに置く。

私の荷物はこれだけで、後で東京から送ってもらう荷物もない。

「オーナーとして必要な物と、店長としている物って、きっと全然違うでしょ」

そう思った私は「オーナーになる」と決めてから余計な荷物を捨てることにした。

お片付け屋さんを呼んでワンルームマンションにあった荷物を片っ端から捨てたり、七海にあげたり、ネットで売ったりして徹底的に断捨離（だんしゃり）したのだ。

おかげで余計な引っ越し費用はかからないし、片付けもすぐに終わった。

そうして残った荷物は、スーツケース一つ分の荷物だけだったのだ。

生きていく時に必要な物って、このくらいなのかもしれない。

荷物が全てなくなった東京の部屋を見た時、私はそう思った。

壁に吊られていた丸いアナログ時計を見ると、21時20分になろうとしていた。

その時、ドアを二度ノックする音がする。

「はい。どうぞ」

扉を開いて亮が首だけを部屋の中へ入れる。

「黒岩さんは風呂に入らないそうだから、もう美月が入ってもいいぞ」

亮は白いバスタオルとフェイスタオルを重ねて差し出したので受け取る。

「ありがとうございます。じゃあ、お先に失礼します」

「ゆっくりでいいからな」

亮は扉を閉めた。

「そっか……部屋の中に風呂がないんだ」

そこで、初めて部屋の中に風呂のない生活になったことに気がつく。

ワンルームマンションなら風呂もトイレも自分だけのものだから、今までは家にさえ帰ってしまえばどんな格好でもよかったが、コテージともなれば風呂やトイレは共同になるのは当たり前。

「今までみたいに『自分の部屋だから』と適当な格好じゃダメなのね」

私は替えの下着を巾着袋に入れて、タオルの間に挟んでオーナー部屋を出た。

キッチンから皿を洗うような水音がしていたので、声を掛けながら通り抜けていく。

「じゃあ、お風呂頂きます」

その時、亮から「あっ」と小さな声が漏れた。

私は廊下を歩いてリビングで周囲を見回したが、よく考えてみれば、さっき歩いた時もトイレは見つけたが、風呂場は見なかった。

駅舎って、風呂はどこにあるんだっけ？

ここが元々駅舎であることを考えると風呂なんてないような気がする。

いくら駅員さんが宿直で泊まるようなことはあっても、ここで生活するわけじゃないんだから、普通は駅に入浴施設なんて作らないだろう。

私が戸惑っていると、キッチンから濡れた両手を拭きながら亮が出てくる。

「説明しなくてすまん。風呂は待合室を出て、ホームを右へ歩いていった先にある駅舎の横の建物なんだ」

すまなそうな顔で、亮はホーム側の窓の外を指差す。

「駅舎の外なんですか？」

「ここに風呂はなかったから、ホームに小屋を別に建てたんだ」

「ホッ、ホームにお風呂!?」

「仕方ねぇだろ。ホームの上が一番基礎工事が簡単で水道も引きやすかったんだから」

亮は少し口を尖らせて言った。

「そういうことなんですね。分かりました」

「行ってらっしゃい。ごゆっくり」

風呂に行くだけなのに、そう言われるのも何だか変な感じがする。

「行ってきます」

だけど、ずっと一人暮らしだったから、こうして声をかけ合えるのは少し嬉しく感じた。

タオルを小脇に抱えて玄関から待合室に出た私は、引き戸をくぐってホームに出て駅舎の前を小樽方向に向かって歩いていく。

夜になってかなり気温は下がっており、心地いい風だが少し寒かった。

「あれみたいね」

駅舎の横を二十歩ほど歩いた先には、野外灯に照らされた壁が琥珀色に輝くログハウスがあった。先端がH型になっている煙突が突き出している屋根は雪対策なのか、外側に向かって急角度で斜めに付けられている。

お風呂場の建物は駅舎とは違って、数年前に新築したもののようだった。

「それにしても徹三じいちゃんってすごいな。駅舎をリビングにして、ホームをバーベキュー場にして、更にお風呂も作っちゃうなんて……」

日本にはおおよそ一万か所あると言われている駅の中で、こんな変わった駅はきっと比羅夫ただ一つだけだろう。

その時カタンコトンという音が耳に響き、私はふっと駅舎の方へ向かって振り返った。

すると、長万部方面からキラリと二つのヘッドライトを輝かせながら列車が走ってくるのが見えた。

「確か……そろそろ最終列車じゃなかったかな？」

比羅夫の最終は確か21時25分の小樽行。

東京なら「もう一軒！」といった時間だが、函館本線沿いにマイホームを持つお父さん達は、21時前には飲むのを切り上げて家路につかないと、あっという間に午前様だ。

きっと、タクシーに乗ったら、ものすごい値段になるだろうしね……。

私がゆっくりと駅舎の前を歩いていると、駅へ近づいてきた列車が珍しく警笛を鳴らす。

どうして警笛を？　普通は駅に入ってくる時は鳴らさないのに……。

気になった私が長万部側のホームの先端に目をやると、黒い人影が黄色い線から前に出ていて、ホームの端ギリギリのところに立っていた。

接近してきた列車の強烈なヘッドライトの光によって、影が男の人であることが分かる。

その時、嫌な予感が走った！

「もっ、もしかして!?」

次の瞬間、私は持っていたタオルを駅舎の方へ向かって投げ捨てダッシュした。

幸いブラック企業で無理矢理鍛えさせられていた私の足は衰えることなく、テニスでライン際のボールを拾っていた高校時代に近いスピードで走れた。

ファァァァァァァァァァァァンと最終列車がひと際大きく警笛を鳴らす。

列車の正面が十メートル程度にまで迫り、目がヘッドライトで眩んだ。

私が背中まで二メートルと近づいた時、男の人の上半身が線路へ向かって傾いていく。

やっぱりそうか！

その人の目的が分かった私は、右足に力を入れて思い切り飛んだ。

「私のコテージの前で、そんなことしないで――!!」

渾身の走り幅跳びジャンプで列車より一瞬早く男の人のところへ辿り着いた私は、右腕を腰に引っ掛ける。

体の側面から突っ込んだ私の勢いが力強かったことで、線路へ落ちかけていた男の人の体は元へ戻り、勢い余って線路から離れるように吹き飛んだ。

不意打ちをくらったその人は、バランスを崩してホームに倒れこむ。

もちろん、どうなるか分からずにやったとっさの行動だから、私と一緒にホームをゴロゴロと側転で転がることになった。

その横を列車がァァァンと警笛を鳴らし続けたまま勢いよく通過していく。

危ないと判断した運転士は急ブレーキをかけたので、静かだった深夜の比羅夫に突如けたたましい金属音が鳴り響いた。

「なんだっ！　どうした⁉　美月！」

すぐに必死な顔の亮が、コックコート姿のままホームに飛び出してきた。

横転がおさまった私は素早く立ち上がり、仰向けで寝そべっていた黒岩さんに声をかける。

「大丈夫ですか⁉　黒岩さん！」

黒岩さんは倒れたまま、悔しそうにつぶやく。

「どうして……ほっておいてくれねぇんだよ……」

泣きそうな声の黒岩さんに、私は少し強い口調で言い放った。

「ここは私のコテージです！　だから、そんなお客さんをほってはおけませんよ！」

かなり荒っぽいことをお客さんにやってしまったが、黒岩さんは大きなケガもしてないようだった。

「どこか痛みますか？」

黒岩さんは黙ったまま、力なく首を左右に振る。

亮は全速力で私と黒岩さんのところへ走ってきた。

「大丈夫かっ、美月！」

心配そうな亮に、私は手を左右に振りながら答える。

「私も黒岩さんも大丈夫です」

十メートルほど先にあった運転台の窓から、運転士が顔を出して叫ぶ。

「その人が線路に飛び込もうとしたんだ――!!」

「飛び込み自殺!?」

「だけど、その子が止めてくれたんだ――!!」

運転士は右手で私を指差す。

「美月が？」

私と黒岩さんを見てから、亮は運転士の元へ駆け寄る。

「とりあえず、ここは俺に任せてもらえませんか？　危険な行為だったとは思いますが接触しなかったようですし、彼には何か深い事情もありそうなんで……」

じっと黒岩さんを見ていた運転士は「分かった」と帽子を被り直す。

「じゃあ、ここは東山君に任せるよ。とりあえず、うちの方では『比羅夫で酔っぱらったお客さんと接触しそうになって遅延した』って日報は出しておくから」

幸い列車には誰も乗っておらず、他に目撃者はいないようだった。

「ありがとうございます。助かります」

亮はしっかりと頭を下げた。

運転士は「じゃあな」と窓を上げて運転席へ戻ると、再び小樽方面へ向かって列車を走らせていった。

遠ざかっていった二つの赤いテールランプが、闇夜に吸い込まれるように見えなくなった時、夜空の彼方から警笛がもう一度聞こえてきた。

私は右手を伸ばす。

「立てますか？」

黒岩さんは私の後ろに広がる夜空を、寝そべったまま黙って見つめていた。

「もう、今日は比羅夫に列車は来ませんから、飛び込み自殺はできませんよ」

ふぅと小さなため息をついた黒岩さんは「しゃあねぇな」と諦め、私の右手を掴まずに一人で起き上がって立った。

そこへ亮がムスッとした表情で歩いてくる。

いつもより格段に不機嫌そうなことは、顔を見ればすぐに分かるくらいだった。

「少し話を聞かせてもらおうか？」

亮は黒岩さんに対して、今までのような丁寧な言葉使いはしなかった。

その口調は、まるで取り調べを行う警察官のよう。

少し上から見下ろすように見つめる亮の目を黒岩さんは黙ったまま睨んでいたが、やがて諦めてボソリとつぶやく。

「……分かったよっ」

「じゃあ、リビングで話を聞こう」

亮を先頭に黒岩さん、私と並んで歩き、ホームから待合室を通ってリビングへ入る。

「そこへ座れ」

黒岩さんにテーブルの前に座るように指示すると、亮はキッチンへ歩いていった。

私がテーブルを挟んで黒岩さんの前に座る。

「どうして……分かったんだ……。俺が自殺するのが？」

それには少しだけ理由があった。

「私、飛び込み自殺をする人を止めたのは二回目だから」

微笑みながら言った私を黒岩さんは、いぶかしげに見つめる。

「私、前にも一度、会社帰りの山手線で『ちょっと変だなぁ』って、さっきの黒岩さんみたいな動きをしている人を見かけた時があって、気になって目で追っていたら線路に飛込もうとしたのを助けたことがあって……」

「二回目？」

「……そういうことか」

「だから、何となく分かったんです」

そこへ亮がマグカップを三つトレーにのせて戻ってきた。

「体も冷えちまっただろ。これでも飲んで気持ちを落ち着かせろ」

受け取ったマグカップからは、ココアの甘くておいしそうな香りが立ち昇る。

黒岩さんはお礼を言うこともなく、ほんの少しだけココアを口にしてからトツトツした感じでしゃべり始めた。

「俺は……その……特殊詐欺グループで働いていたんだ……東京でな」

「特殊詐欺……つまりオレオレ詐欺か？」

亮が聞き返すと、黒岩さんはフッと笑う。

「オレオレ、還付金、架空請求、融資保証金、金融商品取引、ギャンブル必勝情報提供、未成年異性との交際あっせん……まあ、手を替え品を替え何でもやったさ」

「どうしてそんなことを？」

　私はうつむいている黒岩さんの顔を見た。

「俺だって最初からそんなことをしていたわけじゃないさ。初めはコンビニとか宅配便の配達とかで働いていたからな。いつかは大きな会社の正社員になろうとしていたんだ……」

　顔をあげた黒岩さんはフゥとため息をついて、両手を左右に大きく開く。

「こんな大学も出ていないようなバカが、いくら東京で頑張ったところで、それ以上、まともな仕事になんてつけないようになっているのさ……世の中っていうのは」

　フンッと鼻で笑いながら、首を左右に振ってから続ける。

「そんな時、コンビニのお客さんだった『浜中翔平（はまなかしょうへい）』って男から『今の倍の給料を出すから、うちの正社員にならねぇか』って誘われたのさ」

　ココアを飲みながら、亮は口を真っ直ぐに結ぶ。

「そんなうまい話なんてある訳ないだろう。そこで疑わなかったのか？」

「俺だって怪しいと感じたさ。だけどよ、もう何年もバーコードを読み取るだけの仕事しかやってなかったし、東京で普通に生活するはずが、気がつけば閉店間際のスーパーで半額弁当をあさる毎日だ。このままじゃ『死ぬまで働いても貧乏なまま』って思うだろ？」

黒岩さんの言うことに完全に同意はできなかったが、少しだけ気持ちは分かる。

「でも、みんなそうして働いている……『仕方ない』って思いながらね」

「最初は俺だって分かっていたさ。だけど、浜中の会社の正社員になって運転手をやっていると、もの凄く羽振りのいい浜中が格好良く見えてよ。そんな時に『もっと給料欲しくないか？』って聞かれて……」

「特殊詐欺を始めてしまったわけか……」

黒岩さんは静かに頷いた。

「最初は悪いことをしている意識があったけどな。浜中に『ばあさんやじいさんが大金を持っていたって意味はないだろ？　俺達、若い人間が使ってやったほうが、日本の経済のためだ』って何度も言われて、月に百万くらいもらいながら毎日飲んでいるうちに、感覚が麻痺して、俺も間違っていないような気がしちまってたんだ」

そんなことをつぶやく黒岩さんを見ていた私は、一つの疑問が湧いた。

「それは分かりましたけど、じゃあ、どうして自殺なんかしようとしたんです？」

私と亮の顔を交互に見てから、黒岩さんは肩を上下させた。

「ある日、同じような仕事をしていた友達が、警察にとっ捕まって……目が覚めたんだ。なにを言っても、所詮はやっていることは詐欺で……俺は犯罪者なんだと」

「だからって自殺することはねぇだろ？」

亮に向かって黒岩さんはフッと笑う。

「俺は『もう辞めるわ』ってグループの金を少し持って、逃げ出しただけなんだが、あいつらは俺が警察にチクるんじゃねぇかとかんぐってさ。拉致しようと追いかけてきたんだ」

「拉致⁉　黒岩さんを拉致してどうするつもりなんですか？」

私にニヤリと笑った黒岩さんは右の親指だけを出し、自分の首につけて横へすっと引いた。

「始末する気なんじゃねぇの？」

「始末って……黒岩さんを殺す気なんですか⁉」

「俺はあのグループの何もかも知っているからな。警察に行って全てをしゃべられちまったら困ると思っているんだろ。俺にはそんな気はサラサラないけど、完全に疑心暗鬼に陥っちまっているから、俺の言うことを信じちゃくれねぇだろうな……」

亮は腕を組む。

「それで、グループの連中から逃げて……北海道に？」

「そういうことさ。大きな町を歩けば誰を見ても『グループの手先か⁉』って思ってビクビクしちまう。捕まったら確実に殺されちまうからな。そんな生活を二週間もやっていたら、さすがに疲れちまってさ……」

「それで死のうとした……ということか？」

黒岩さんは「あぁ」と肩を落としながら静かに下を向いた。

グループから追いかけられている人に、なんて言葉をかけていいのか分からなかった。

奥歯をグッと噛み締めている亮は、相変わらず少し不機嫌なような気がした。

三人とも黙っていると、亮が一人席を立ちキッチンのある廊下へ消えていく。

リビングのテーブルには、私と黒岩さんが取り残された。

「でも……死ぬのはダメですよ」

私が言えたのはそれだけだった。

黒岩さんは黙ったまま、じっと私の顔を見つめる。

「だって……殺されたくないから、北海道まで逃げてきたんでしょ？」

「だが……こういう生活が一生続くんだぜ」

「それは確かにそうかもしれませんが……」

少し上を見ながらつぶやいた私は、そこで黒岩さんの顔を見てニコリと笑った。

「誰かが言っていましたけど『死ぬ以外は、痛くもかゆくもない』ですよ」

気楽に言う私を見て、黒岩さんはフッと小さなため息をつく。

「……おまえなぁ」

「私も昨日まで黒岩さんのところに、負けず劣らずなブラック企業で働いていたんですが、今日からここで生きていくことにしたんです！　高校でイジめられている時とか、会社へ行くのが嫌な時は『もうこの世の終わりだ！』って感じるんですけど、きっと、生きていれば『あれは何だったんだろ？』って思える時が来ると思いますよ！」

私のバカバカしい考え方に呆れたらしい黒岩さんはフッと笑う。

「そんな時が来るか？　こんな俺に」

そこへ亮がスタスタと戻ってきて、バスタオルを黒岩の前のテーブルにドンと置く。

黒岩さんは座ったまま亮を見上げた。

「もうこの駅に列車はやってこない。だから今日はもう飛び込み自殺はできないし、浜中って奴らも追っては来ない。だから、風呂にゆっくり入れ」

「……亮さん」

亮はクルリと振り返って、キッチンへ向かって歩いていく。

そして、一瞬だけ足を止めた。

「黒岩さん、知っているんだろ？　本当はどうすればいいのか……」

そのまま振り返ることもなく、キッチンへ向かって歩いていった。

あまりのぶっきらぼうな態度に唖然となった私は、あいそ笑いを浮かべる。

「すみません。うちのコックはぶあいそうで……」

黒岩さんはすっと立ち上がり、テーブルの上のタオルを手に取った。

「そうだよな。やっぱ、そうしなきゃいけないって、ことなのかもな……」

「……黒岩さん？」

「それで？　風呂はどこ？」

私は少し恐縮しながら、右手で窓の外を指差す。

「……すみません。一旦外へ出て頂いて、ホームを右へ行ったところにあるんです」

「分かったよ」

「今日のお客さんは黒岩さんだけですから、本当にごゆっくりどうぞ」

玄関まで歩いた黒岩さんは、私に顔を向けることなくつぶやく。

「そう言や……その……さっきはありがとうな。俺を……助けてくれて……」

「いえ、オーナーとして、当然のことをしただけですから」

黒岩さんの首が、ほんの少し上下したように見えた。

「そうか……」

扉から出ていく黒岩さんの背中に、私は静かに頭を下げる。

「行ってらっしゃいませ……」

少し心配だった私は窓の外を歩いていく黒岩さんを目で追っていたが、変なことは考えずに素直にお風呂場へ向かってくれたようだった。

私はダイニングで黒岩さんが風呂場から戻ってくるのを待ち、二階の部屋へ上がっていくのを確かめてから、キッチンで洗い物をしていた亮に声を掛けた。

時計を見ると、22時半を少し回ったところだった。

「黒岩さん、ちゃんと部屋へ戻って寝られたようです」

「風呂、入ってこいよ。さっき、入り損(そこ)ねただろう？」

すっかり忘れていたが、私はお風呂へ行く途中だった。

「じゃあ、そうさせてもらいます」

「風呂から上がったら寝ていいぞ。今日はいろいろとあって疲れたろう」

「明日は何時に起きればいいんですか？　目覚ましをかけなくてはいけないので」

朝が弱い私は、そうしておかないと、いつまでも惰眠(だみん)をむさぼってしまう。

私がスマホを出しながら聞くと、亮はほんの少しだけ微笑む。

「きっと、初めてここに泊まる人間は、朝は6時31分に目が覚めると思うぞ」

「6時31分に目が覚める？」

また、どうして6時でも6時半でもなく、6時31分⁉

「まぁ、これもうちの名物みたいなもんだ。その時間に起きてくればいいさ」

私は小首を傾げながら答える。

「わっ……分かりました。では、お風呂へいってきます」

亮は「おぅ」と返事して洗い物を再開させた。

新しいタオルをもらってから、リビングを通って玄関から待合室へ出る。

引き戸を通り抜け、すっかり気温の下がったホームを歩いてお風呂場へ向かった。

お風呂場の扉はサウナのような大きな木のドアで、明かり取り用として扉中央がハート型に大きくくり抜かれてあり、そこに半透明のアクリル板がハメられていた。

重い扉を手前に引いて、中へと入って「ゆ」と書かれたのれんをくぐる。

「ここも……想像外の造りね」

単なるシステムバスを想像していた私は、思わず口を大きく開いて驚く。

なんと浴槽は奥行き八十センチほどもある、丸太をくり抜いたワイルドな丸太風呂で、今までの話の流れからすると、きっとこれも徹三じいちゃんの手作り。

小さなカヌーのような浴槽には、白い湯気をあげている温かそうなお湯が、縁までたっぷりに満たされている。

浴槽の側には循環器があって、常にお湯のろ過を行っているみたいだった。

四畳半ほどの縦長の浴室の周囲はいい香りのするヒノキの板に囲まれ、天井に吊られたカンテラ型ランプの緩やかな光で照らされていた。

手前に作られた一人用の脱衣所には、ちゃんと小さな石油ストーブが備えられていて、室内が寒くならないように細やかな配慮がなされている。

ここも徹三じいちゃんの趣味でデザインしたと思うけど、駅舎全体の雰囲気と合わせてセンスよくまとまっていた。

脱衣スペースにあった籐のかごに着ていたものを入れ、床に敷かれていたすのこを踏みしめながら歩き、木の手桶を使って掛け湯をしてから浴槽へ足をゆっくりと入れる。

お湯の温度は少し熱いくらいで、こんな季節には丁度いい感じだった。

「うはぁぁぁ」

あまりの気持ちよさに思わず声をあげながら、浴槽のなだらかな背もたれに体を預けて寝そべるような感じで入った。

丸太をくり抜いた浴槽なんて初めてだったので、「トゲでも刺さらないの？」と心配したが、しっかり磨かれた木の表面はツルツルでとても気持ちよかった。

これはたまらない……。

今までの東京の自宅では膝を曲げてしか入れなかったけど、ここでは足をしっかりと伸ばして、更に寝そべるようにできるんだから、幸せこの上ない。

黒岩さんもこのお風呂に入ったんなら、少し落ち着いたんじゃないだろうか。

気持ちいい風呂にじっくりと浸かってから、洗い場で頭と体を洗う。

そして、もう一度浴槽に入ってしっかりと体を温めてから上がり、貸してもらったバスタオルで体を拭いた。

そして、服を着てから小屋を出た。

私は背伸びをしながら、両手を夜空へ向けて思い切り伸ばす。

「くぅ〜気持ちいい――――!!」

朝は東京駅近くの本社ビルで「辞めます!」なんて叫んでいたのに、夜には北海道の空の下で心からリラックスできる状態になれるなんて想像もしていなかった。

明日から満員の通勤列車に乗ってブラック職場へ行かなくてもいい。

そういう夜を迎えられるだけでも、私のストレスはかなり軽減されそうだった。

いったいなんだったたんだろ?

こうして冷静になってみると、毎月、毎週、毎日の売上と利益のことで、上司や部下と言い合いしながら働いたことが、なんだか無意味でバカバカしく思えてくる。

昨日までとても大事だったことが、今は意味がなく、自分で分かっていたはずのことが、実は何も知らなかったような気がしてきた。

たった千キロだけ北へ上がっただけなのに、徹三じいちゃんの造ったコテージには、今までとは別の価値観で生きている世界があって、ゆったりと時間が流れていた。

東京ではあっという間に過ぎていく時間の中で数分のことに焦っていたのに、ここでは一本の電車を三時間待っていられるような余裕があるのだ。

とても同じ国で起こっていることとは思えない。

温まった体を北海道の涼しい風で冷ましながら、私はボンヤリとそんなことを思った。

あまりの気持ちよさに私は忘れそうになっているが、実はここはホームの上。

そんな場所でお風呂に入れるのは、なんだかとても贅沢な気がした。

私は自分の部屋であるオーナー部屋へ戻り、机の前にある窓のカーテンを閉めてからピンクのチェックのフリースの部屋着に着替えてベッドに入る。

心地よい羽根布団に包まれた私に、すぐに睡魔が襲いかかってくる。

だが、これは今までに、あまりなかった幸せなこと。

私は仕事を始めてから寝つきが悪くなり、仕事が忙しくなればなる程、頭の中には明日からのことがグルグル駆け巡り寝にくい日が多かったからだ。

そのくせせっかくの休日は、疲れが溜まり過ぎて昼頃まで寝てしまう。

何も考えることなく眠れるのは、本当に久しぶりで気持ちよかった。

きっと、その日のうちに全てのことが終わるのね……比羅夫では。

私は落ちていく意識の中でそんなことをボンヤリ思っていた。

明けて次の日の早朝。

私は昨日の亮の予告通り、突然の爆音で6時31分にキッチリと目を覚ました。

「なっ、なに!?」

ベッドから上半身を起こした私は、その原因がすぐに理解できた。

「なるほどね……そういうことか」

比羅夫には6時31分に長万部行の一番列車がやってくる。

宿が駅舎である以上、気動車が約十メートル向こうにやってきて停車するということだ。

そんな距離から聞こえてくるディーゼルカーのエンジンの爆音を聞いても、まったく起きない人なんていないだろう。

慣れるまでは、毎朝、6時31分には目が覚めそうだった。

部屋着から速攻で着替えて部屋から出て、近くにあった洗面所で顔を洗って歯磨きを終えると、既においしそうな香りが廊下に漂っていた。

「うわぁ〜いい匂い」

起きた瞬間に朝ご飯の匂いが部屋にしているという、一人暮らしに絶対にない小さな幸せを感じられて少し嬉しかったが、すぐに首を横に振って思い直す。

「ってことは、もう亮さんは起きてんじゃん⁉」

キッチンを覗き込むと、亮は既にコックコートをキッチリと着こなし、右手に持ったお玉で左手の小さな皿に入れたお味噌汁の味見をしていた。

今日の朝食は和食らしく、炊飯器でお米が炊かれ、横に置かれた白い楕円形のプレートにはだし巻き卵が三切れ、オレンジ色鮮やかな焼きジャケの切り身にキャベツ、キュウリ、トマトで作られたサラダが添えられていた。

「おはようございます。すみません、何も手伝わなくて……」

「いいさ。今日の客は黒岩さん一人だけだからな」

亮はお玉で二階を指して続ける。

「丁度、朝食の準備が整ったから美月も食うか？」

なんだか役立たずで大変申し訳ないが、今更私にできることもない。

「すみません。じゃあ、頂きます」

「それじゃあ、リビングで待っていてくれ」

私がリビングへ行くと、二階から黒岩さんが下りてきて小さく会釈した。

「おはようございます。よく眠れましたか？」

「あぁ、久しぶりにゆっくり寝られたよ」

黒岩さんの顔色は昨日ここへ来た時とは、まったく違っていい色だった。

それは私もそうかもしれない。

黒岩さんから「さくら」のヘッドマークのついた部屋の鍵を受け取る。

「そうですか。それはよかった」

そこへ亮がやってくる。

「すぐに朝食の準備をするから、そこへ座って待っていてくれ」

すると、黒岩さんは右手を挙げて左右に振る。

「いや、俺はいい。次の6時47分の列車で小樽へ向かうから」

「そうか、分かった」

6時40分少し前の時計を確認した亮は、踵を返してキッチンへと戻った。

コテージの宿泊料は前金でもらうので、チェックアウト時にすることはない。

だけど、黒岩さんは歩いてきて、少しうつむき加減で私の前に立った。

「俺……自首するわ」

「自首？」

小さくだったが、黒岩さんはしっかりと頷く。

「結局、グループから逃げることはできないんだ。だったら、死んでおしまいにしてしまうんじゃなくて、キッチリ罪を償った方がいいって思ってな」

そんな気持ちになってくれたことが嬉しかった私は、やさしく微笑んだ。

「それ、きっといい事だと思います。『自分で酷い事をしたと分かった人は、その分だけやさしい人になれるから』って……徹三じいちゃんも言っていましたから」

黒岩さんは首を傾げながら聞き返す。

「徹三じいちゃん？」

「このコテージを作った前のオーナーです。三か月前に亡くなったんですけど……」

黒岩さんは丸太で作られた天井を見上げる。

「そっか……じゃあ、俺はそのじいさんの霊に、背中を押されたのかもな」

「そうかもしれません。割合、お節介（せっかい）なおじいちゃんでしたから……」

私と目を合わせた黒岩さんは、ここへ来て初めてやさしい笑顔を見せた。

その時、駅前広場の方から、車の大きなブレーキ音が聞こえてくる。

昨日、ここに降りた涼子ちゃんが、6時47分の列車に乗るの？

車のブレーキ音は、涼子ちゃんのお母さんの車からだと思ったのだ。

私が待合室の見える玄関の方を注目していると、扉についた小さな窓を黒いサングラスをかけた男が覗き込んだ。

そして、ニヤリと不気味に笑った男が、扉を開き勢いよく押し入ってくる。

男は暗いグレースーツを着込んでいたが、ネクタイを締めておらず頭は丸刈り。

靴を脱ぐこともなく土足のまま上がってきた男は、一目見ただけでまともな仕事をしている人には見えなかった。

居酒屋だったら一発で入店をお断りする反社会的勢力の連中だ。

黒岩さんの顔が強（こわ）ばったのを見て、私はこの人達がグループの追手（おって）だと確信する。

男は勢いよく黒岩さんの前へやってきて腕を伸ばす。

「やっと見つけたぜ。黒岩～」

私はとっさに黒岩さんと男の間に体を入れた。

「ちょっと、うちのお客さんに何するんですか！」

「うるせぇ!! 邪魔すんじゃねぇよ！」

男は私の左肩に手をかけると、思い切り力を入れた。

もちろん私が男の力に敵うはずもなく、あっけなく倒されて吹き飛び、亮がピカピカに磨いてあった丸太の床で滑って、壁にガツンと頭をぶつけた。

「オーナーさん！」

私を心配してくれた黒岩さんが左手を伸ばして叫ぶが、

「人の心配している場合かよっ」

と、男が腹に鋭いパンチを喰らわせた。

悶絶の表情を浮かべた黒岩は「うっ」と唸ってから、その場にひざまずく。サングラスの男は下へ落ちた黒岩さんの顔を目がけて膝蹴りを加える。

ドスという鈍い音がして、黒岩さんは後ろへ吹き飛んで丸まって倒れた。

倒れた黒岩さんに男が唾を浴びせかける。

「まったくコソコソ逃げ回りやがって。うちのグループから逃げられると思ったら大間違いだぞ、コラッ」

そこへ亮が小さな包みを持って現れる。

亮は倒れている私と黒岩を見て、すぐにだいたいの状況を把握したようだった。

男は「あん？」と、コックコート姿の亮を睨みつけた。

私はゆっくりと体を起こしながら亮に注意する。

「気をつけて……この人は黒岩さんのグループの……」

「分かった」

亮は何も気にすることなく、男へ向かって近づいていく。

男は身長百七十センチ程度なので、亮の方が十センチ以上高い。

「なんだ？　お前も邪魔する気か？」

下から見上げるように凄んだ男は、両手をボクシングのように構えた。

黙ったまま亮が近寄ると、男は躊躇(ちゅうちょ)することなく右手を拳にして前へ放った。

「無視すんなってんだ！」

当たるっ!!

「亮！」

私が叫んだ瞬間、亮は男のパンチが当たる寸前に左手でパンと弾き飛ばす。

そして、男のサイドへ回り込んで右手を構える。

亮が右手に持っていた物を見た私は、思い切り驚いた。

おっ、お箸でどうするつもり⁉

亮が右手に握っていたのは、お客さん用に使っているプラスチック製の黒くて六角形の単なるお箸で、それを上下逆にして持っていただけだった。

とても、武器になるとは思えない。

亮は素早い動きで箸頭(はしがしら)を男のこめかみに、思いっきりつき立てた。

「うぁぁぁぁぁぁぁぁぁ！」

亮の放った一撃で男は反対側に吹き飛び、衝撃でサングラスが飛んでいく。

お箸を打ち込まれた部分を押さえながら、男は床でのたうち回った。

えっ、そんな強烈なの⁉　お箸の一撃って⁉

箸頭の攻撃がこんなに効くとは思いもよらなかった。

亮はまったく動じることなく、淡々と次のアクションに移る。

無防備となった男の背中に、肘をV字型にして全体重をかけて打ち下ろす。

その一撃は男にトドメを刺したらしく「あぅ」と唸ってから静かになってしまった。

立ち上がった亮はパンパンとコックコートについたホコリを払い、倒れている男を冷ややかに見下ろしながらつぶやく。

「……この宿は土足厳禁だ」

「黒岩さん！」

私が倒れていた黒岩さんのところへ駆け寄ると、右手を挙げて私を止め、壁に背中を沿わせながら何とか立ち上がった。

「だっ、大丈夫だ。それよりすまない……あんたらに迷惑をかけて……」

「それは構わないのですが……」

その時、カタンカタンと列車が接近してくる音が響く。

6時47分の列車がやってきたのだ。

「じゃあ、俺はあの列車に乗って、小樽の警察へ出頭するよ」

そう言う黒岩さんに向かって亮は、茶色に乾燥した竹の皮の包みを差し出す。

その顔は最初に応対した時のようなやさしい顔だった。

「うちは朝夕二食付きの宿です。今日はシャケおにぎりにだし巻きです」

渡すことになっていますので。朝早く出かけるお客さんには、ご飯をおにぎりにして手

遠慮している黒岩さんに、私は微笑む。

「せっかくですから持っていってください」

一度両目をつむった黒岩さんの目には、涙が滲（にじ）んでいた。

「ありがとう……な」

少し震える腕で包みを受け取った黒岩さんは、涙を振り払うように首を回して玄関へ向かって早足で歩き靴を履く。

その向こうには、三両編成の列車がホームに入ってくるのが見えた。

扉に手をかけた黒岩さんがボソリとつぶやく。

「俺、本名は糸井良（いといりょう）っていうんだ。罪を償ったら……その……ここへ来てもいいか？」

「どうします？　美月オーナー」

亮はすっと私の顔を見る。

私は迷うことなく大きな声で答えた。

「もちろん、糸井さん、いつでもお待ちしています！　ここは家（ホーム）ですから」

少しだけ見えた糸井さんの横顔は、微笑んでいるように見えた。

「こんな俺に言われても……あまり意味はねぇと思うけどさ……」

「なんです？」

「きっと、いいオーナーになるよ、あんた」

糸井さんは首だけ回して振り返り、小さく会釈してから飛び出していく。

待合室の引き戸を抜け、ホームから列車に勢いよく飛び乗った。

それはとてもこれから警察へ向かう人の足取りじゃなく、新生活に向かって楽しそうに故郷から都会へ出ていく人のように軽やかなものだった。

ピィイイイ！

糸井さんの新たな再出発を祝うように、警笛が真っ青な空の下に広がる比羅夫に響き渡る。

ドドドッとエンジン音が高鳴り列車は、ゆっくりとホームを離れていった。

それはきっとコテージ比羅夫で毎日行われてきた風景なのだろうけど、初めてここで迎えた私には、とても思い出深い6時47分の列車の見送りになった。

振り返ると亮は警察に電話しており、男を引き渡す準備を始めていた。

電話を終えた亮に、私は一つだけ気になったことを聞く。

「亮って、なにか武術をやっていたの？」

あのあまりにも鮮やかな手さばきを見た私は、きっとそうだと思ったのだ。

亮は相変わらずのぶっきらぼうで答えた。

「いや、調理師免許しか持っていない……それより……」

「それより、なに？」

私が見上げると、亮はぶっきらぼうに言った。

「俺の呼び方……『さん』づけじゃなくなっているぞ」

知らないうちに呼び捨てにしていたことに気づいた私は「あっ」と少し顔を赤くした。

そこで照れ隠しに、私はホーム側の窓から外を見上げる。

そこから見えた北海道の抜けるような青空には、薄っすらとした白い雲が気持ちよさそうに浮かんでいた。

第四章　二つのアルペンハット

コテージ比羅夫のオーナーになって、約二週間が経った。

とはいっても……今は私の方が見習いのような立場にあった。

私が急いで二階から階段でリビングへ下りると、コックコート姿の亮がキッチンから右手にお玉を持ったまま声をあげる。

「美月、風呂掃除は終わったか？」

その強い口調は、とてもオーナーに対するものじゃない気がする。

「ゴメン、客室のベッドメイクに時間がかかってしまって、まだ……」

居酒屋での業務にベッドメイクはなかった。

白いシーツをベッドにピンと張るだけなのだが、これがやってみるとなかなか難しい。

亮に一度だけ教えてもらって、後は私一人でやっていたのだが、何度やっても亮のサラリとやったベッドメイクと同じにならなかった。

そこで負けず嫌いの性格が出てしまった私は、一台一台納得できるまでベッドメイキングをやっていたわけだ。

「なにやってんだ？　そろそろお客さんが来てしまうぞ」

亮がお玉で指した柱の鳩時計は、17時半を示している。

「分かりました。すぐにやります！」

私は玄関付近にあった掃除道具入れから、デッキブラシやバケツを持ち出す。

「いいか？　早くやらなくちゃいけないが、キッチリやるんだぞ！」

そう体育会系的に強く言われると、自然と働いていた時のクセが出る。

「はい！　まごころを込めて！」

私のいた居酒屋ではお客さんから呼ばれた時も、注文を頂いた時も、必ずこういう風に返事をするように教育されていたのだ。

「なんだそりゃ？」

亮が「はぁ？」と口を半開きにして呆れる。

「いや……その……働いていた時のクセで……」

恥ずかしくなった私は、頬を赤くしながらあいそ笑いを浮かべた。

気を取り直して右手を額につけて下手な敬礼を行う。

「美月、風呂掃除に行ってきます！」

「おう、さっさと頼むぞ」

私達はクルリと回れ右をして、それぞれの仕事へと取りかかった。

ちなみに、コテージの仕事は亮に命令されたわけじゃなく、私が希望したのだ。

コテージ比羅夫の従業員は、亮一人しかいない。

きっと、何もなければ亮一人でも運営できそうだったが、夏休みなどのハイシーズンには毎日のように、たくさんのお客さんが来るらしいし、もし風邪でもひいたら予約を断らなくてはならないだろう。

そこで、私もコテージの仕事を一通り覚えておくことにしたのだ。

私は亮から貸してもらった、少しダブッとした深緑の作業用ツナギを着ている。

なんでも、コテージ比羅夫では「記念すべき初の女性スタッフ」とのことで、男性用の作業服しかなかったので、それを借りて袖と裾を面ファスナーで留めた。

右手にデッキブラシ、左手にバケツを持って待合室からホームへ出る。

九月の比羅夫では18時頃に日が沈むので、既に外は夕日に染まりつつあった。

ホームへ出た瞬間、体が自然にブルッと震えた。

「寒っ！」

北海道の秋は一瞬だ。

周囲の木々がバッと黄色や赤に紅葉したかと思うと、すぐにハラハラと散り始め、雪でも降ってきそうな気温になってくる。

「そろそろ羊蹄山（ようていざん）の秋の登山シーズンも終わりだな」

亮はそんなことをつぶやいていた。

元駅舎に泊まれるコテージ比羅夫は、鉄道ファンしか来ない宿なのかと思っていたけど、実は最も多いお客さんは、羊蹄山へ登る登山客なのだそうだ。

羊蹄山は標高千八百九十八メートルの円錐状の形状を持つ成層火山で、とても富士山に似ていることから、蝦夷（えぞ）富士と昔から言われていたらしい。

駅からは見えないけど、羊蹄山の山頂までは直線距離で約七キロだそうなので、ほんの少し道路を車で走れば、その雄大な姿を見ることができる。

私も買い出しのついでに、コテージの送迎用ワンボックスカーに乗せてもらって見たが、本当に少し小さな富士山がそこにあるかのように美しい山に感動した。

山にはキタキツネ、エゾクロテン、エゾリス、エゾモモンガなどの野生動物が多く住み、たくさんの野鳥もいて、山頂付近には高山植物もあるとのこと。

比羅夫とは山の反対側に当たる京極町（きょうごくちょう）のふきだし公園から見れば、湖面に映る「逆さ羊蹄山」が見られ、条件さえ整えば南側の真狩村（まっかりむら）から「赤羊蹄山」が見られるらしい。

そんな羊蹄山に最も近い宿がコテージ比羅夫。

比羅夫登山口から頂上までは約五時間、下山は三時間半ほどなので、春から秋にかけて羊蹄山を登ろうとする登山客が泊まりに来るのだ。

そこで、コテージ比羅夫では、早朝に比羅夫登山口まで送るサービスを行っている。

風呂場に走った私は、洗い場のすのこを全て上げ、亮がお湯を抜いておいてくれた浴槽と床をデッキブラシでゴシゴシと磨き上げた。

それが終わったら、洗い場の鏡や椅子、洗面器をスポンジで丁寧に洗う。

当たり前のことだけど、亮のような宿のスタッフの努力のおかげで、私は先日気持ちよくお風呂に入ることができたのだ。

私は変なところで手ごたえを感じる。

「風呂掃除はベッドメイクよりは、なんとかなりそう」

居酒屋に風呂掃除はないが、店内清掃は閉店後にいつもやっていたからだ。

一通りの清掃が終わった私は、ポケットからスマホを出して時刻をチェックする。

「いけない！　もうこんな時間だ」

時刻は18時25分を示していた。

すのこ、洗面器、椅子などをキレイにセッティングして、掃除道具を片付けた。

そして、バタバタと駅舎へ運んでいると、フィィという汽笛が聞こえてくる。

振り返ると、小樽から長万部へ向かう銀の車両が近づいてくるのが見えた。

「18時28分のH100形が来た！」

型番で呼ぶのは鉄道ファンのようだけど、そう教えてくれたのは亮だった。

私が長万部から乗ってきたディーゼルカーは「H100形」という種類だ。

比羅夫にやってくる列車は、古いディーゼルカーだったが、ディーゼルで発電した電気で走るハイブリッド気動車に置き換えられたそうだ。

そして、私も一週間もしないうちに、ここの時刻表を全て覚えた。

上下合わせてもたった十四本なら、居酒屋のメニューの数十分の一だから。

私は駅舎へ戻って掃除道具をしまい、急いで自分の部屋で着替える。

窓の外からはディーゼルエンジンの大きな音が響きだし、ドアが開いた瞬間に数人の女性がしゃべる声が聞こえてきた。

「お客さんが来た！」

このコテージのいいところは、お客さんの来る時間がだいたい決まっていること。

車に乗ってくるお客さんは、ほぼいない。

鉄道でやってくるお客さんの多くは、小樽方面からやってくるのだが、その場合は17時2分か、この18時28分のいずれかの列車に乗ってくる。

17時2分の前は12時43分で、そんな列車でここへ来る人はいない。

だから、それまでに用意を整えておけばいいのだ。

亮がキッチンから出て、お客さまを玄関まで出迎えにいく。

デニムのクロップドパンツと水色のトレーナーに着替えた私も、部屋を出て廊下をパタパタと歩いてリビングに顔を出す。

「いらっしゃいませ」

やってきたお客さんに対して、亮は爽やかな笑顔で出迎えていた。

最初に入ってきたのは、私と歳の近そうな社会人女子三人組。

三人は小樽観光から来たらしく、靴も服装も街歩きに向いた格好だった。

『こんにちは～!!』

大きなキャリーバッグを持ちながら、三人は声を合わせて言った。

「お待ちしておりました、吉田(よしだ)さんですね。では、宿帳のご記入をお願いします」

亮が宿帳を差し出すと、リーダーっぽい子がサラサラと書き込み始め、他の二人は靴を脱いでリビングへ上がると、物珍しそうに室内を見回した。

「へぇ～駅の中に泊まれるんだ～」

「こんなところ、よく知っていたね」

リーダーの子はペンを走らせながら答える。

「サイコロを振って、出た目だけ駅を進むバラエティー番組で見たの」

「へぇーそうなんだ」

宿帳を書き終わりそうな頃を見計らって、亮が奥の階段を指しながら言う。

「お部屋は二階の『富士』になります。バッグはそこへ置いておいてください。あとで、お部屋の方へお運びしますので……」

「ありがとうございま〜す」

続いてホームの方を指差す。

「夕食はホームの方でご用意しておりますので、19時になりましたら下りてきてください」

『分かりました〜』

三人は元気よく返事をすると、「ホームで夕食が食べられるの!?」「そうそう」などと、盛り上がりながら、二階へ上がっていった。

亮は早速キャリーバッグの車輪を布で拭いて、両手に抱えて持ち上げる。

確か……今日の予約は、二組五名。もう一組二名が来られるはずだ。

三人組がいなくなるのを待っていたように、玄関の扉が開く。

「お邪魔いたします」

入ってきた六十歳くらいの女性が、周囲に小さなツバのついたベージュのアルペンハットを脱ぐと、グレーに染まったミドルヘアの髪が現れた。

亮に向かって「大丈夫」と手を挙げて、女性に対しては私が対応する。

私と亮は毎朝、予約者の名前をチェックしていた。

「お待たせいたしました、大雪さん。お疲れのところ大変申し訳ございませんが、まずは宿帳のご記入をお願いできますか？」

「えぇ、構いませんよ」

すっと胸元から出した銀縁の細い眼鏡をかけた大雪さんは、白くて細い指を持つ手を優雅に動かしながらペンを走らせた。

宿帳には「大雪紗代子」と書き込み、続いて住所、電話番号と書いていく。

大雪さんの落ち着いた返事や言葉遣いと仕草から、余裕のある雰囲気を感じる。

きっと、それなりの成功をおさめた旦那様がおられ、その妻であろう大雪さんは、この歳であくせく働くこともなく、悠々自適に好きなところに旅行へ行けるのだろう。

私もできるなら、老後はこうした女性になりたいものだ。

大雪さんはグレーの撥水性がありそうなロングパンツを穿き、足元にはカーキのトレッキングシューズを履いていた。

上は防水、防風効果がありそうなゴアテックス製のピンクのアウターを羽織っていて、開いていた胸元からは暖かそうな白いニットのインナーが見えている。

そして、背中には二十五リットルサイズのピンクのバックパックを背負っていて、サイドには折り畳まれたトレッキングポールや水筒と一緒に、被っているものとは色違いの青系の予備のアルペンハットが吊り下げられていた。

いくらコテージ比羅夫初心者オーナーの私でも、大雪さんの趣味はわかる。

「大雪さんは登山が目的で、こちらへいらしたんですか?」

私は両手を前後に動かして、歩くポーズをしながらニコリと微笑む。

「ええ、そうなんです。私と主人は羊蹄山が大好きなので……」

「今日から二泊のご予約ですね」

「はい。お世話になります」

宿帳を書き終えた大雪さんは、優しく微笑み返してくれた。

その時、私はあることに気がついて周囲を見渡す。

「あの~大雪さん」

私はホームの方をもう一度チェックしながら聞く。

「ところで、お連れ様は遅れてこられるのですか?」

「いえ、もう一人はこちらへ来られなくなってしまいまして……」

大雪さんは小さく頷いてから、さっきと同じように優しい笑顔を見せる。

私は「あぁ～」声をあげてから、

「では、ご宿泊はお一人様に変更ですね？」

と、聞き返した。

だが、大雪さんは少し恥ずかしそうにしながら、意外なことを言い始める。

「いえ、そのまま二名分のままで、お部屋も料金もお支払いさせて頂けませんか？」

「えっ⁉　お一人なのに二名様分？」

驚いた私は、思わず聞き返すと、大雪さんはコクリと頷く。

「ええ、お食事は二人分も食べられないので――」

そこでいい考えが浮かんだらしい大雪さんは「そうだわ」と、胸の前でパチンと両手を鳴らして続ける。

「一人分はさっきのお嬢様方に差し上げてくださいますか？　それは『私から』とは言わなくて結構ですから……」

「は……はぁ。それは私達も助かりますが……」

大雪さんの考えが分からなかった私は、戸惑いながらそう答えた。

もうすでに食事の仕入れは行っているから、確かに予約した分を全て払って頂けることは、宿側からすればありがたいことなのだが、まだ、新人オーナーの私としては、そういうことに慣れていなかったのだ。

「では、そうしてください。よろしくお願いいたします」

大雪さんにすっと上品に頭を下げられてしまったら、もう断りようがなかった。

私も慌てて頭を下げる。

「いえいえ、こちらも大助かりですから。ありがとうございます」

頭を上げた大雪さんは、少女のように無邪気に笑う。

「そう、じゃあよかった」

私は壁にかけてあった鍵の中から、二人部屋の「さくら」の鍵を大雪さんに手渡す。

「さくらは二階の奥の左側になりますので」

「わかったわ」

大雪さんがそのまま階段を上っていこうとするので、私は背中に声をかける。

「お荷物は私が――」

フッと微笑んだ大雪さんは、私の言葉を首を振って遮る。

「いいわ。自分の荷物くらい自分で背負えないと、山で遭難しちゃうでしょ？」

体から湧き出る聖母のようなオーラに、私も圧倒される。

大雪さんは私なんかと違って、何倍もの人生を生きた賢者なのだ。

「……失礼しました」

私が会釈すると、大雪さんはまた無邪気に微笑み階段を上っていった。

「お世話になります」

「ごゆっくりどうぞ」

階段で大雪さんとすれ違った亮は、挨拶を交わしてからリビングへ下りてきた。

大雪さんの背中を見送ってから、首をひねりながら私に聞く。

「あれ？　大雪さんって、予約は二人じゃなかったか？」

私はすっと頷く。

「お一人は来られなくなったんだけど、お部屋も料金も二名分のままでいいって。食事は二人分も食べられないから、よかったら一人分は吉田さんにあげてくださいって……」

亮は二階を見上げながら「ふ～ん」とつぶやく。

「そうしてくれた方が、俺達もフードロスがなくて助かるけどな。だけど、どうしたんだ旦那は？　旅行直前に風邪でもひいたのか」

「……なにかあるのかな？」

私は大雪さんの言動が少し気になったが、亮は考えるのをすぐにやめた。

「まぁいい。四人分のバーベキュー準備だ！」

クルリと体を回して、スタスタとキッチンへ向かって歩いていく。

亮は振り返ることもなく、宿のオーナーに向かって強い口調で命令を放つ。

「美月、バーベキューグリルを一つ準備！」

私もオーナーとしての自覚が足りない。

「はい！　まごころを込めて！」

例によって満面の笑みを浮かべながら、思い切り返事してしまう。

「おう、さっさと頼むぞ。夕食まではもう時間がないからな！」

亮がキッチンへ消えたのと同時に、玄関から飛び出してホームへ走る。

そして、数メートル先に置いてあったお手製のバーベキューグリルを引っ張り出す。

一つのバーベキューグリルで八名まで、同時に食べることができる。

倉庫の奥に山のように積み上げられている木炭をブリキのバケツに入れて運び、少し離して設置したバーベキューグリルの中へガラガラと入れた。

木炭だけでは火が点きにくいので、少しだけ焚き付け用の焚き木を用意する。

薪を一本取ってきて端にナタを刺し、コンクリートの床へ向かって勢いよく振り下ろす。

すると、ナタの刃先が薪に食い込んで、スパーンと気持ちよく二つに割れる。

こうすると、危なくない。

近所で林業をやっている人から、本格的な冬になる前に四トントラック一杯分くらいの大量の間伐材をもらうとのことで、まずはチェーンソーで三十センチくらいに揃える。

北海道だと、金太郎が使うような巨大マサカリで「薪を一振りで真っ二つ」とかしていそうに思われるけど、基本は電動薪割り機。

台に薪をのせて、レバーを押すだけで縦に真っ二つにしてくれる便利な道具で、これだけで風呂、薪ストーブではそのまま使える。

火を点ける時だけ小さめの焚き木がいるので、それはナタで作るのだ。

もちろん、こんな知識を私が持っているはずもなく、全て亮から「そんなこともできねぇのかよ？」と呆れられながら、ここ数日で教えてもらったことだ。

こうした動きを繰り返して、少し太い割り箸くらいの大きさの焚き木をある程度作ったら、それを木炭の下へねじった新聞紙と共に突っ込む。

あとは、ライターで新聞紙に火を点ければ、焚き木に火が移り、やがて木炭が燃え出す。

最初の頃はもうもうと白い煙があがるばかりで、木炭がまったく赤くならなかったが、こうして毎日手伝っていたおかげで少しはマシになってきた。

「火くらい一人で起こせないとね」

パチパチと燃え上がる炎を見ながら、一人でフンッと鼻を鳴らす。

バーベキューグリルを囲むように四つの切り株椅子を運ぶ。

ドラム缶の一つの端には吉田さん達三人分、反対側に大雪さんの分の一つを置いた。

それからテーブルを出して、そこにタレ用の皿など食器の準備をする。

その間に亮は大きなアルミプレートに、山のように食材を積み上げていた。

そんなことをしているうちに、二階から吉田さん達がワイワイと話しながら下りてくる。

「あぁ、お腹減った〜」

「小樽で昼前にウニイクラ丼を食べただけだもんね」

「北海道っていつもよりもお腹すかない？」

その意見には三人共「そうそう」と納得して笑い合う。

「では、夕食会場までご案内します」

私はリビングで出迎えて、玄関からホームへ誘導する。

『えぇ――――!!　ホームで夕食を食べられるの!?』

ここでの夕食を案内された人は、だいたいこういう反応をしてくれる。

駅で泊まれることを知っているお客さんでも、ホームで夕食を食べたり、お風呂にまで入れると知っている人は少ないのだ。

三人が切り株椅子に座った頃を見計らって、亮がバーベキュープレートを運んでくる。

さすがに今日の量は多過ぎ？

コテージ比羅夫のバーベキューセットの自慢は「素材のおいしさ」ってこともあるけど、そのボリュームも大きなウリとのこと。

ネットでお客さんの感想を調べてみると「ものすごいボリューム！」「お腹いっぱいでした〜」ってタイプの評価を多く見かけるくらいだ。

そもそも、かなりのボリュームがあるのに、今日はさらに一人前追加しているので、バーベキュープレートは相撲取り用のちゃんこ鍋セットだか、プロレスラー用のステーキセットのような勢いで積み上げられていた。

盛り上がった三人はスマホを取り出してカメラを向けて撮影を始める。

『さすが北海道〜!!　食材の量がハンパな〜い』

そこは北海道というより、うちのシェフが出し過ぎってだけなんですけどね……。

「今日もお野菜が、安く手に入りましたので……」

私はアッハハとあいそ笑いしながら説明した。

「へぇ〜そうなんだ。それは得しちゃったね」

吉田さんが二人と顔を見合わせて微笑む。

「では、お飲み物は、何にいたしますか？」

亮が肉や魚などの食材を運んでくる間に、私は三人から飲み物の注文を聞く。

『最初はビール！』

三人が右手をあげながらいっせいに叫ぶ。

これは数少ない、私の得意仕事。

「ビール三つ！　まごころを込めて――!!」

この返事では、せっかくの高原のコテージの雰囲気が台無しって気もするが、酒の注文を受ける時には一番違和感がないような気もする。

ダンボールの中に入れておくだけで完全に冷えきるサッポロクラシックビールの五百ミリリットル缶を三つ運び、ウェットティッシュで拭いてから吉田さん達に手渡す。

すぐに『乾杯～!!』って甲高い女子の声が比羅夫のホームに響き渡り、バーベキューグリルの端で宴会が始まった。

そこへ大雪さんもやってきたのだが、私は違和感を覚えた。

どうしてアルペンハットが二つも……？

大雪さんは頭に自分のアルペンハットを被っていた。

全ての荷物を部屋に置いてきたのに、バックパックの横に吊ってあった予備のアルペンハットを両手で胸の前に大事そうに抱えながら夕食にやってきたのだった。

これは何か意味が……。

元居酒屋店長として、お客さんの違和感について気になるのだ。

「大雪さん、お食事はこちらです」

「あぁ、ここの宿はホームでバーベキューでしたね」

私は大雪さんをバーベキューグリルの吉田さん達とは、逆の端に案内する。

「こちらへどうぞ」

夕食を囲むことになった吉田さん達と大雪さんは「こんにちは」と挨拶し合う。

こういう宿なので宿泊客同士は、いつも自然に仲良くなってしまう。

椅子に座った大雪さんが、周囲を見回すような仕草をしたことに私は気がついた。

これは……もしかして……。

私はすっと後ろへ下がって切り株椅子を一つ持ち、それを大雪さんの横へ置いた。

「どうぞ、こちらをお使いください」

大雪さんは私を見上げて微笑む。

「ありがとうございます」

私は近くに置いてあったフキンで、椅子の表面をサラリと拭く。

大雪さんは両手で持っていた青いアルペンハットをそっとそこへ置いた。

それは手に持っているのが邪魔だからという仕草ではなく、キレイに帽子の形を整えてから椅子の真ん中に静かに置いた。

そこへ大雪さん用の食材をプレートにのせて、亮がやってきて側のテーブルに置く。

亮は切り株椅子の上にアルペンハットが置いてあることに気がつき、近くの棚に置いてあった白い布を一枚取り出して広げる。

「お帽子が汚れるといけませんから、上からかけておきますね」

椅子は少し低い位置にあるから、バーベキューグリルからのハネやタレが飛んでくるかもしれない。そこで、いつも鞄や上着がある場合は、こうして汚れ避け用の布をかけてあげるみたいだった。

「あっ……あの……」

大雪さんは少し戸惑った顔をした。

やっぱりそうだ。

私はそのリアクションで確信に至り、亮から白い布を静かに取り上げる。

亮が「なんだよ」って顔で私を睨むが、無視して大雪さんに微笑みかける。

「そのままの方がいいんですよね？　大雪さん」

大雪さんはとても嬉しそうな顔をする。

「お気遣いありがとうございます。できればこのままで……」

「そういうことですね。分かりました。大丈夫ですよ」

亮は「どういうことだ？」って感じの目線を送ってくるが、私は「いいのいいの。ここは私に任せて」とアイコンタクトを返した。

亮は首をひねりながら、空になったトレイを小脇に抱えてキッチンへ消えていく。

コテージのことはさっぱり分からないけど、二年間だけとはいえブラック居酒屋で店長として多くのお客さんを見てきた。

だから、お客さんのリアクションから、何を望んでいるかに気がついてしまうのだ。

私は大雪さんに笑顔で話しかける。

「大雪さん、お飲み物は何を飲まれますか？」

バーベキュープレートの上に積まれた食材を大雪さんは眺める。

「そうねぇ……白ワインをもらおうかしら」

「グラスですか？」

大雪さんは私を見上げてニコリと笑う。

「いえ、フルボトルを一本頂けるかしら？」

実は徹三じいちゃんはワインが好きだった。

だから、こんなコテージにもかかわらず、大きなワインセラーがある。

そして、居酒屋に勤めていた私は「自分磨き」と称して、ソムリエの資格をとるべくワインの勉強をかじったことがあった。

初めてのフルボトルの注文に少しテンションの上がった私は、亮から取り上げていた白い布をソムリエのように左腕にかけ、上半身を傾けて大雪さんに顔を近づける。

「どのようなワインがよろしいでしょうか？」

「今日は海外のじゃなく、北海道のワインを飲みたいわ」

ワインセラーに入っていたワインを思い出し、大雪さんに合いそうなものを思いつく。

「では、新千歳（しんちとせ）ワイナリーのノースケルナーなどは、どうですか？　辛口のスッキリしたタイプの白ワインで、スズランのような優しい香りや果物のフレッシュな匂いが味わえますよ」

「じゃあ、それをもらおうかしら」

「分かりました。少々お待ちください」

私はリビングへ戻って、亮が準備を続けているキッチンへと入った。

「大雪さんからノースケルナーの注文頂きました」

亮はプレートに鮭の切り身をのせながら、私を見ることなく答える。

「了解」

最初に籐で編まれたワインバスケットを棚から取り出す。

キッチンの一角には、五十本は入りそうな、幅五十センチ、高さ百三十センチもあるかなり気合の入ったワインセラーが設置してあるのだ。

どう見ても、このカントリーなキッチンには場違いな気がする。

そこから新千歳ワイナリーのノースケルナーを一本取り出してワインバスケットに入れてから、ワインセラーのサイドポケットにかけてあった木目調のソムリエナイフを一本とってエプロンのポケットへ入れた。

振り返ると、ピカピカに磨かれたキャンティグラスと呼ばれるワイングラスが、目の前に一つすっと差し出される。

さすが亮は白ワイン用のグラス選びにも間違いはない。

亮の手からキャンティグラスを受け取りながら、私は右の人差し指を立てる。

「もう一つもらえる？」

「もう一つ？　だって、これ大雪さんの分だろう」

「いいから、いいから……」

「もしかして、自分も一緒に飲もうってんじゃないだろうな？」

私のやろうとしている意味が分からなかった亮は、渋々天井から逆さまに吊ってあるワイングラスホルダーから、もう一つキャンティグラスを引き抜く。

私はそれを受け取って、ステアと呼ばれる脚部分を持ってグラスを下へ向けた。

「そんなことするわけないでしょっ」

左の小脇にワインバスケット、右手に二つのワイングラスを持って、私はキッチンからリビングを通って大雪さんのところへ戻る。

そして、キャンティグラスを大雪さんの前に一つ、もう一つをアルペンハットしか置かれていない椅子の前に置いた。

ワイングラスが二つ置かれると、大雪さんはハッとした顔で私を見上げる。

「こちらでよろしいでしょうか？」

大雪さんの顔はフワッとほころび、嬉しそうに笑ってコクリと頷く。

「そうね。そうしてくれると、とっても嬉しいわ」

理由は分からなかったが、大雪さんが一人で来たつもりではないことに私は気がついた。

あのもう一つのアルペンハットは、誰か大事な人のものなのだ。

その人と来る予定だったが、何らかの理由で一緒に来られなかった。

だからといって、単にキャンセルにはしたくない理由があるのだろう。

そう思った私は、そこにもう一人も来ているものとして接客することにしたのだ。

「では……」

私はワインバスケットからノースケルナーを取り出して瓶を左手で持つと、ポケットからソムリエナイフを取り出して、刃先をボトルネックの出っ張りの下の部分にあてて、クルリクルリと切り込みを入れる。

刃で引っ掛けるようにしてキャップシールの上部を取り外し、ソムリエナイフのスクリューの先端をコルクの中心に当て、まっすぐに刺し込んだ。

ソムリエナイフにはフックがついているので、ボトルの口に引っ掛けながら、しっかり手で押さえつつテコの原理で真上にコルクを引き上げる。

半分くらいまで抜けたら、フックの位置を奥へズラして更に引っ張る。

これで、ワインのコルクはスマートに抜くことができる。

抜けたらスクリューから外しながら、コルクを鼻先へ近づけて香りを嗅ぐ。

よし、香りは問題ない。

これはお客さんに傷(いた)んだワインを出さないためのチェック。

ワインは個体ごとに劣化具合が違うこともあるので、こうすることで中身が傷んでいれば匂いで確認することができるからだ。

最初は少しだけ、大雪さんのグラスにワインを注ぐ。

それをすっと飲み干した大雪さんが「いいわ」とつぶやいたのを合図に、私はテーブルに並んで置かれた二つのグラスに、金色に輝く白ワインをゆっくり注いでいく。

しっかりと熟成されたノースケルナーは、グラスへ入っていく時に、水のようなシャバシャバとした動きにはならない。

少しトロリとし始めているので、穏やかにグラスの裏面を沿って落ちていく。

二つのグラスにワインを注ぎ終え、私はワインバスケットに半分以上残っているボトルを静かに入れる。

「細やかなお気遣い……本当にありがとうございます」

「いえ、これは単なるコテージのサービスですから」

私は優しく微笑みかけた。

大雪さんは二つのワイングラスを両手に持ち、それを顔の少し上に掲げる。

既に太陽は沈み、ホームにいくつか並ぶライトの光がグラスに差し込み、白ワインの表面をキラキラと輝かせた。

「乾杯……」

大雪さんが自分で二つのグラスを合わせると、まるでハンドベルのような素晴らしい音色が夕闇のホームに響き渡った。

バーベキューグリルの反対側では吉田さんらがワイワイと大宴会中だったが、三人の話し声も大雪さんには聞こえないような、そこだけが別世界のようだった。

「ごゆっくりどうぞ……」

私が頭を下げると、大雪さんはニコリと笑う。

「はい。ゆっくりさせてもらいますね」

大雪さんがバーベキューを始めたのを見てから、私は吉田さんらの二杯目の注文をとりにいった。

なにを隠そう「なくなった頃に伺いにいく」は、居酒屋の基本中の基本。

「次は何にしますか？」

私は空いた皿を片付けながら、三人の二杯目の注文を受けた。

徹三じいちゃんが夕食をバーベキューとしたのは、従業員が少人数でも多くのお客さんを相手にすることができるからだ。

最初に準備するのは大変かもしれないが、夕食時刻までに用意し終え、食材を運んでしまえば、途中から料理を追加で持っていく必要がない。

コテージ比羅夫の締めは、名物「焼きおにぎり」。

固めに炊いたご飯をバットに広げて、ちょんちょんと簡単に固めて塩を振るだけ。

「しっかりと固めなくていいの？」

冷凍焼きおにぎりを温めて出していただけのブラック居酒屋店長に偉そうなことは言われたくないだろうが、亮のやり方を見ていると不安に思ってしまう。

「徹三さんが『焼きおにぎりは結ぶだけでいいんだ。そうすると、寿司みたいに口の中で米がホロホロとほぐれるからさ』って。うちは昔からこうなんだ」

亮は一人二つずつのおにぎりを作りながら教えてくれた。

長年の経験に培われた固め加減が絶妙で、アルミホイルも巻かずに網の上で焼いているのに、おにぎりは崩れることもなく、しっかりおいしそうな焼き目がつく。

表面がパリッと焼けたら、北海道利尻産真昆布エキスが入った、出汁醤油をサラリとかければ、最高の焼きおにぎりが完成する。

北海道はお米もおいしいから、もちろん焼きおにぎりもうまい。

今までうちの居酒屋で出していたものは「あれはなんだったんだ!?」と思ってしまうく

らい、コテージ比羅夫の締めの焼きおにぎりは絶品だ。

若い女子三人の食欲は、近くにイケメン男子がいなければ強烈だ。

合計四人前ともあろうバーベキューセットを、キッチリ焼きおにぎりまで完食した。

『ごちそうさまでした～』

片付けに行くと、二階の自分達の部屋へ向かう三人とリビングですれ違った。

「お粗末様でした」

バーベキューグリルまで行くと、まだ大雪さんが食事をしていたが、そのペースは三人に比べて半分くらいのゆっくりしたものだった。

私は三人の食べた後をテキパキと片付けてキッチンへ運んだ。

ある程度、片付けが終わってテーブルや椅子をフキンで拭いていると、大雪さんが私に声をかけようとした。

「えっ～と……」

右手を上下にフラフラ動かす大雪さんは、私の名前が分からず困っているようだった。

「美月です」

笑いかけると、大雪さんは優しく微笑み返してくれた。

「美月さんね。ここでアルバイトをしているの？」

私はあいそ笑いをしながら首を左右に振る。

「いえ、私はこのコテージのオーナーなんです。まだ、新人ですが……」

大雪さんは口を丸く開いて驚く。

「まぁ、若いオーナーさんなのね。でも、前に来た時にお会いしたオーナーさんは、もっとお年を召した男性の方だったように思ったけど」

「徹三じいちゃんは亡くなりました。三か月ほど前に……」

少しすまなそうな顔を大雪さんはする。

「ごめんなさい。そんなこと聞いちゃって……」

「いえ、いいんです。しょうがないことですから」

肩を上下させながらつぶやく。

「そうね……しょうがないことなのよね」

小さなため息をついた大雪さんは、すっとグラスのワインを飲み干した。

そして、右手にグラスを掲げて微笑む。

「美月さんは、ワインもいける方かしら？」

一瞬、亮に「何飲んでんだ？」と怒られそうに思って躊躇するが、元居酒屋店長としてはお客さんからのお誘いは断れない。

今日の業務は、ほとんど終わりだし、これもサービスの一環だから。

そう考えた私は、切り株椅子を一つ運んで大雪さんの横にドンと置いた。

「はい。他には何もできませんが！」

「いいお返事ね」

大雪さんがボトルを持ったので、私は近くにあった水用のグラスをとって前に置く。

ちょっと雰囲気が崩れるが、キッチンまでグラスを取りに行けば、亮に捕まってヤブへビになるのが面倒に思ったのだ。

私のグラスに黄金色のワインが注がれたら、反対に大雪さんのグラスにワインを注いで、二人で再び乾杯する。

グラスの縁に唇をつけてグラスを傾けると、白ワインが口の中へ流れ込んできた。

口内一杯に広がったワインからは、華やかな香りが広がり、それが鼻へ抜ける。

自分で選んでおいてなんだが、とてもいい白ワインだ。

「おいしいですね。このワイン」

「ええ、北海道ワインも捨てたもんじゃないわね」

大雪さんはワインを味わいながら遠くを見つめる。

緯度の高い北海道の夜は早く、すでに空には星が広がりつつあった。

周囲には灯りもないから、もう少しするとプラネタリウムのような星空が、比羅夫駅の頭上に現れることになる。

私は大雪さんの向こう側にある、未だに一滴も減っていないグラスを見つめる。

「今日は大事な方と来られる予定だったのですか？」

菜箸でジャガイモを焼き網にのせながら、大雪さんはポツリとつぶやく。

「えぇ、三十三年間連れ添った旦那とね……」

「ご病気で来られなかったのですか？」

大雪さんは困ったような顔で微笑む。

「いえ、あの人も死んでしまったの。二か月前にね……」

無神経にそんなことを聞いたことに恐縮し、私は急いで頭を下げる。

「すっ、すみません。そんなことを聞いてしまって！」

今度は大雪さんが首を左右に振る。

「いいんですよ。しょうがないこと……ですから」

大雪さんはチラリと旦那様用のグラスを見ながら続ける。

「ありがとう。でも……こうしてくれたから、今日だけは、まるであの人と一緒に夕食を食べられたように楽しかったわ」

「いえ、すみません」

「謝ることはないのよ。私、とても嬉しかったんですから……」

「だったらいいんですが……」

私は頭の後ろに手をあてながら、力なく笑った。

「せっかくだから、お話を聞いてくださるかしら？」

「はい。是非、お願いします」

大雪さんにボトルを差し出された私は、自分のグラスのワインを飲み干し、そこへ注いでもらう。

「いい飲みっぷりね。羨ましいわ」

「ありがとうございます」

ブラック居酒屋チェーンに勤めていたことが、初めて人生で役に立った気がした。

大雪さんは私のグラスにワインを注ぐと、ボトルをワインバスケットに戻す。

「私とあの人は、若い頃から登山が大好きでね。あの人が定年になって時間ができてから、日本中の山に二人で登りに行っていたの」

「だから、前にもこのコテージを？」

「あの人は『北海道なら羊蹄山が一番好きだな』ってよく言っていたの。羊蹄山に登る時は、このコテージに泊まるのが一番便利なの。それで何度か二人で利用させて頂いたのよ」

「そうだったんですね」

「今回も六か月前から、こちらのコテージを予約させて頂いて『一緒に羊蹄山に登ろう』って約束していたんだけど……」

そこで少しワインを飲んだ大雪さんは、闇の中へ消えるように続くレールを見つめる。

「亡くなっちゃうのは、本当にあっという間ね……」

「………」

私は大雪さんにかける言葉がなくて黙ってしまった。

そんな雰囲気を察したのか、大雪さんは胸の前でパチンと両手を鳴らして微笑む。

「それでね。お葬式とかいろいろな手続きで忙しかったから、『三日後から北海道旅行ですよ』って、旅行予約サイトのメールが来るまで、すっかり忘れていたの」

「そうだったんですね」

「本当はキャンセルしようかと思ったんだけど、娘が『気分転換に行ってきたら?』なんて言うから、『それもそうね』と思って出かけることにしたの。全ての予約を旦那と二人分にしたままね」

驚いた私は、口を少し開いた。

「えっ⁉　ＪＲの指定席も飛行機のチケットも、ご変更されなかったのですか？」

大雪さんは無邪気に微笑む。

「だって、そんなことしたら、新幹線だって飛行機だって横の席に別な人が座っちゃうでしょう？」

「そっ、そうですね」

意味が分からなかった私は、戸惑いながら聞き返す。

すっと顔をあげた大雪さんは、とても嬉しそうに私に向かって微笑む。

「そうなったら乗り物に乗る度に『あぁ、あの人はもういないのね』って感じなくちゃいけなくなっちゃうでしょ？」

その言葉を聞いた瞬間に、私の胸はドクンと熱くなった。

「……大雪さん」

「それは辛いから、あの人の被っていた帽子と一緒に、元々計画していた通りに北海道旅行をすることにしたのよ。こうすれば、列車に乗った時も、あの人は少し長いトイレに行っているだけみたいでしょ？」

口元に右手をあてた大雪さんは、フフッと子供みたいに上品に笑った。

そんなことが言えるのは大雪さんが、今でも旦那様を愛しているということだ。そうじゃなかったら形見の帽子と一緒に旅行へ行くなんて思いもしないだろう。

私はまだ結婚していないが、そうなれる自信さえ持てない。

こんな歳になっても二人仲良く愛し合っていられることに、私は心から感動した。

私は目を見開いて、大雪さんに前のめりになる。

「すごいですね！　大雪さん」

「そっ、そう？　こんなのたいしたことじゃないわよ」

謙遜した大雪さんは、首をゆっくり左右に振る。

「そんなことないです。旦那様の帽子と一緒に……いえ、思い出と一緒に旅をされるなんて、すごくいいことだと思います！」

「ありがとう……美月さん」

大雪さんは照れながらワインを一口飲んで続けた。

「でも……私は幸せにしてもらったけど、あの人からしてみれば、そうじゃなかったかもしれないわ……」

顔に少しだけ影がさす。

「どういうことですか？」

「あの人にとって、私はそんなにいい女じゃなかったから……」

大雪さんはそう思っているかもしれないが、私には旦那様の気持ちが少し分かる。

「そんなことないですよ。きっと、大雪さんは旦那様に愛されていました」

私が微笑みかけると、大雪さんは不思議そうな顔をした。

「どうして？」

「だって、定年してからご一緒に、日本中を登山されたんでしょ？　そんなこと、旦那様が大雪さんを愛していらっしゃらなかったら、絶対に無理ですから……」

「……美月さん」

そう聞いた大雪さんは、とても嬉しそうだった。

「私、相手のために『旅行の手配をする』って、愛だと思うんです！」

「そっ、そうかしら？」

私の暴論に大雪さんは納得していない様子だった。

「旅行って列車の切符やホテルの予約をして、行く観光地のグルメ情報なんか集めなくちゃいけないから、本当に手配するのって大変で面倒なことだと思うんです。でも、それが楽しく準備できるのは、旅行へ一緒に行く相手のことを『愛しているから』ですよね！」

「そう言われてみれば、確かにそうかもしれないわね」

「いいですね。私もそんな旦那様と結婚したいなぁ〜」

感動した私は、星空を見上げながらグラスのワインをゴクリと飲み干した。

「きっと、美月さんなら、いい人に出会えますよ」

「そうですか？　私、ここへ来る前には二年間東京で会社員やっていましたけど、ロクな男性と知り合えなくて、ダメンズばかりでしたよ」

大雪さんは「まぁ」とつぶやいてから笑う。

「まだまだ若いじゃない。これからよ、こ・れ・か・ら……」

「じゃあ、このコテージでの出会いに期待します！」

大雪さんが自分と私のグラスにワインを注ぐと、そこでちょうどボトルは空になった。

再びキンとグラスを合わせる。

「列車じゃ何も言われないけど、旅館で『一人だけど二人分払う』なんて言うと、変に思われちゃったり、場所によっては席を一人にされたりしちゃうじゃない？　そんな時はとっても寂しくなってしまうのよ」

「旅館では難しいでしょうね……」

「だから……嬉しかったわ。こんなふうにしてくれたのが……」

大雪さんは旦那様用に注がれたワイングラスを優しいまなざしで見下ろした。

私もワイングラスを見つめながら話す。

「それで、今回の北海道はどうでしたか？」

こうすると、まるで帽子ののった椅子には、旦那様がいるような感じになる。

「やっぱり秋の北海道はよかったわ」

そんな話から、私は二人の様々な話を聞かせてもらった。

北海道にもいろいろな季節に来ていた二人は、私なんかよりも各地へ行っていた。

「北海道でおいしかったものって、なんですか？」

あごに右手をおいて「そうねぇ」と少し考えた大雪さんはニコリと笑う。

「今の時期は、新蕎麦（そば）が最高ね」

「へぇ〜北海道ってお蕎麦がおいしいんですか？」

「あまり『北海道＝お蕎麦』ってイメージがないかもしれないけど、北海道ではたくさん蕎麦が栽培されているから、お蕎麦もおいしい場所が多いのよ」

「いいですね。北海道のお蕎麦食べてみたいなぁ」

すると、大雪さんが思い出したように語り出す。

「そういえば、今回は寄れなかったのよね。思い出のお蕎麦屋さんに……」

「思い出のお蕎麦屋さん？」

私は大雪さんに聞き返す。

「数十年前に富良野を舞台にした人気ドラマがあってね。私もあの人も大好きだったから、今でも残っているロケセットを見に行ったんだけど、その時、ドラマにも登場したお蕎麦屋に寄って、そこで食べたお蕎麦がとっても印象深くってね」

その作品はある年代以上の世代には、圧倒的な人気を誇るドラマだ。

私もリアルタイムでは見たことはなかったが、いくつかの名シーンはユーチューブで見たことがあった。

「しっかり打たれているから腰があって、昆布の利いた温かいお出汁で食べても、お蕎麦の味がしっかり味わえて、それにとっても香りが良かったのを覚えているわ」

そんな話を聞いているだけでも、口の中に唾が溜まる。

「それは確かにおいしそうですね」

「だけど、そういうお店もあの人が調べてくれたことだったから、私だけじゃどこにある、なんてお店なのかも分からないのだけど……」

私は上半身を大雪さんに向かって傾けた。

「そのお店に寄れなかったんですね」

「今、新得から東鹿越の間って、不通でバス代行になっているでしょ？」

新得？　東鹿越？　ついでにバス代行って何？

少し前まで東京にいた私には、場所もまったくピンとこない。

「はっ、はぁ……そうですね」

「だから、帯広方面から富良野へ行くと、とても時間がかかりそうだったから、今回は富良野に寄れなかったのよ」

「そうでしたか」

「やっぱり無理してでも寄っておくべきだったかしら？　あの人みたいにいつ死んでしまって、二度と北海道へ来られなくなるかも分からないんだから……」

それが冗談なのか、本気なのかは分からなかったが、大雪さんはため息混じりにつぶやく。

私はレールの果てを見つめる大雪さんの横顔が少し寂しそうで気になった。

オーナーとして泊まるお客さんの要望に応え、なるべく楽しく過ごしてもらいたい。

それに富良野くらいなら、きっと、すぐに行けるよね。

そう思った私は、大雪さんに向かって言った。

「大雪さん、明日もこちらにお泊まりでしたよね？」

大雪さんは戸惑いながら、ゆっくりうなずく。

「えぇ、明日は朝から羊蹄山に登る予定だから……」

右手の親指だけを出して、私は自分の胸を指す。

「じゃあ、私が行ってきます！」

そう言われても、大雪さんは分からないようだった。

「どちらへ？」

「もちろん、富良野へ」

そこで、やっと大雪さんは私のやろうとしていることに気がつく。

「えっ⁉ もしかして、富良野のお蕎麦屋さんへ行こうとしているの？」

目を丸くさせる大雪さんに、私はコクリと頷く。

「はい。私が明日そのお蕎麦屋さんへ行って、新蕎麦を買って帰ってきますから、夕食の時に一緒に食べませんか？」

「そんなの悪いわ……」

恐縮する大雪さんに、私は微笑む。

「そんなの気にしなくて結構です。これもサービスの一環ですが、それよりも……私が北海道の新蕎麦を食べてみたいだけなので」

「美月さん、ありがとう」

「いえ、こうしてワインを注ぎ合えたのも、何かのご縁ですから」

「でも、無理はしないでね」

「大丈夫です。私、体力と食欲には自信がありますから！」

そこで目を合わせた私たちは、最後の乾杯をして残ったワインを飲み干す。

見上げた宇宙には満点の星がかかり、その星明かりでワイングラスは輝いた。

第五章　思い出の蕎麦屋(そば)

次の日、大雪さんを朝5時に亮が車で登山口まで送っていった。

東京ではまったく乗る機会がなかったので、私は車の免許をとらなかった。

だから、どこへ行くにも鉄道かバスってことになる。

私の方は5時前に起きて、大雪さんと亮を見送った。

亮は6時にはコテージへ戻ってきて、キッチンに直行。

まだ、吉田さん達は起きてきておらず一階はひっそりしていたが、亮はすぐさま働きだした。

すぐに廊下にはシャケの焼ける匂いや、炊き上がったばかりのご飯の美味しそうな香りが漂いだし、それだけでもお腹が鳴りそうだった。

私は出かける前に、キッチンに首を突っ込んで挨拶をする。

「おはよう！　じゃあ、亮。富良野へ行ってくるから」

魚焼き器を覗き込みながら、亮は振り返ることもなくつぶやく。

「あんなこと安請け合いして……」

「いいじゃない。お客さんの願いを叶えてあげるんだから」

魚焼き器のフタを閉め、亮は首だけをこちらへ回す。

「あのなぁ。ここは『絶対にお客様の要求にノーと言わない』、超一流のインペリアルホテルじゃないんだぞ」

私はなだめるように、あいそ笑いを浮かべながら右手をペラペラと上下に振る。

「まぁまぁ、私も北海道の新蕎麦食べてみたかったし……」

「そんなことで『富良野まで行く』って言うのが信じられねぇ」

呆れた亮は再び朝食の準備に取りかかる。

そこで、私は大雪さんのことを聞く。

「大雪さんは一人で登ったの？」

窓から見えるわけじゃないが、羊蹄山の方を私は見つめる。

「あの歳くらいの単独行は遠慮してもらうんだが、大雪さんは山登りのベテランだし、旦那と何度も羊蹄山には登ったことがあるらしいからな」

「そっか、登山には慣れているんだもんね」

「それに比羅夫口からの羊蹄山登山コースは、最短で難易度が低め。初心者向けコースで距離は約十五キロ弱。登りで五時間、下りで三時間半の往復約八時間半のコースだからな」

私はリビングの鳩時計をチラリと見る。

つまり、ここを5時に出れば、昼前には山頂まで到達する。

頂上付近でお昼をゆっくり食べてから下りても、夕方には下山できるだろう。

そろそろ初冠雪があるかもしれない季節なので、山は気温がかなり低くなってきてはいたが、それに対する防寒装備も持っているようだった。

「じゃあ、夕方にはコテージに戻ってこられるのね」

亮は左手に玉子焼き器を持って三口コンロの一つに置き、ボッとガスに火を点けた。

「美月の方が、戻ってくるのが遅くなるんじゃないか？」

意味が分からなかった私は、不満気に言い返す。

「どうしてよ？」

「だって、富良野まで行くんだぞ」

「こんなに朝早くの一番列車に乗るのよ。余裕で戻ってこられるわよ」

自信満々に鼻から息を抜くと、亮は「はぁ」とため息をつく。

「北海道をナメてんな」

「私が北海道をナメてる？」

首を傾げる私の前に、亮は竹の皮で包まれた包みをぶっきらぼうに出す。

「朝飯」

東京ではずっと朝食は自分で作っていたから、こうして作ってくれるのは正直嬉しい。

私はありがたく両手で受け取る。

「ありがとう、亮」

亮は向こうを向いたままで、玉子を器用に片手でボールに次々割っていく。

「大雪さんに『新蕎麦を夕飯に出す』って言ったんだから、ちゃんと夕飯の時間に間に合うように戻ってくるんだぞ」

「任せておいてよ」

私は亮からもらった竹の皮の包みを持っていた革製の茶のトートバッグに入れた。

「行ってきます！」

「行ってらっしゃい」

亮は右手に持った菜箸を左右に振りながら言った。

廊下を通ってリビングを抜け、玄関で茶のショートブーツを履いて外へ出る。

ホームに出た瞬間、長万部からの一番列車がやってきた。

これは6時47分比羅夫発の小樽方面行の始発列車。

今回はいつものＨ１００形一両編成ではなく、正面の真ん中に青い細いラインが左右に入っているキハ２０１系って名前のディーゼルカーで、しかも三両編成。

朝日に輝く銀の車体側面には、黄緑と青のラインが入っていた。

キィインという甲高いブレーキ音を響かせながら列車がホームに停車した。

車体側面に出ていた列車表示には「ニセコライナー　札幌行」と出ている。

ドアが開いた瞬間に駅舎近くに停車した三両目に乗り込む。

さすがに三両編成ともなると、いつもと違って最後尾には車掌が乗っていた。

「おはよう、美月ちゃん。今日はどこかへ行くのかい？」

もう、ここを走る運転士や車掌とは、だいたいみんなと顔なじみ。

「おはようございます。富良野へ行こうと思って」

「へぇ〜そりゃ大変だね」

車掌はフフッと笑いながら扉を閉めた。

私には「なにが大変なのか」分からなかったが、気にせず進行方向に対して横向きに並ぶ紫のロングシートに座る。

グォォとディーゼルエンジンの音を高鳴らせ、列車が比羅夫を発車していく。

三両目には私しか乗っていなかった。

エンジンで体が目を覚ますと、急にお腹が減ってくる。

「誰も乗っていないから、朝ご飯を食べても大丈夫かな?」

東京なら始発列車でもお客さんが乗っているから、車内で朝ご飯を食べることは難しいが、ここだったら文句を言う人もいない。

私は亮にもらった竹の皮の包みをトートバッグから出して膝の上に置く。

包みを閉じていた紐をほどくと、中から黒い海苔でしっかり巻かれた小さなおにぎりが二つと、黄色のだし巻きとたくあんが二つずつ現れた。

一緒に入っていた使い捨てのお手拭きで手を拭き、両手を合わせて頭を下げる。

「いただきます」

おにぎりを右手に掴んで、パクリと食べると口の中にシャケの香りが広がる。

「おいしい〜!! どうして、こんなにおいしいの!?」

思わず食べたところを見直してしまった。

コンビニなんかのおにぎりと違って、具であるほぐしたシャケの切り身が、海苔ギリギリまで敷き詰められていることもあるけど、何かもっと根本的に違う。

亮が丁寧に焼いてほぐしたシャケフレークは、素材も味付けもよく、おかずが特になくてもドンドン食べられてしまう。

私はその理由について、二つめのおにぎりを食べた時に気がついた。

「そっか……これ、お米もすっごくおいしいんだ」

北海道はお米もとてもおいしい。

そこに、シャケにしても、オカカにしても、地元産のおいしい魚で作られた具を入れるのだから、マズくなるわけがない。

そして、風味豊かな海苔が、そんなおにぎりを包んでいた。

すごいな、亮のおにぎりって……。

いつも東京では「お腹に入ればいいや」ってくらいにしか思っていなかったおにぎりでも、こうして食べさせてもらうと、おいしさに感動してしまった。

だんだんもったいなくなってきて、最後に向かって私はゆっくりと食べた。

「こんなに人がいないのに、どうして三両編成なの？」

朝食を食べ終わりつつあった私は、車内を見ながら少し不思議に思った。

いつもは一両編成でも持て余している路線なのに、早朝の6時台に走る列車は、なぜか三倍のお客さんが乗れる、しかも都会のようなロングシート車だった。

その理由は余市に到着すれば分かることになった。

倶知安、小沢、銀山、然別、仁木くらいまでは、あまり乗車してくるお客さんはいないが、余市になると都会のホームみたいに並んでいる人を見かけるようになる。

一つの扉の前には十人から二十人ほどだけど、そんな人数が乗り込んでくるので、あっという間にシートは埋まってしまう。

更に蘭島、塩谷、小樽から、たくさんの学生服姿やスーツ姿の通勤、通学客が乗り込んでくるので、気がつけば通路にもビッシリ人が立つようになっていた。

そこで私は気がつく。

「そっか、始発列車だけど、これが通勤通学用のラッシュアワーなんだ」

私はローカル駅から6時47分に乗ったからピンとこなかったけど、人口の多い余市、小樽を通る頃には、8時近くとなり通勤通学にはとても便利な列車となるのだった。

帰りは通学と通勤時間が分かれるから分散するが、朝はだいたい同じ時刻に重なる。

だから、三両編成の列車でも、たくさんの利用客がいるようだった。

今までは各駅停車だったが、小樽を出るとニセコライナーは快速運転を始める。

南小樽、小樽築港、手稲に停車したら、あとは札幌近くの琴似にしか停車しない。

その時間を利用して、私は富良野への経路検索をすることにした。

「えっと……ニセコライナーの札幌着は、8時57分だから……」

スマホを取り出して札幌から先のルートを検索する。

すると、9時30分に駅前から「高速ふらの号」という高速バスが出ることが分かった。

「なんだ。札幌から高速バス一本で行けるんじゃん」

亮や車掌から言われたので少し心配になっていたけど、割合簡単に富良野へ行けそうなのでホッとした。

それより、今さらながら困ったことに気がつく。

「あっ、充電し忘れた！」

いつもは充電器の上に戻すのに、昨日はベッドで会社時代の友達にメールを打ちながら寝落ちしてしまい、充電しなかったのだ。

そのせいでバッテリー表示が半分辺りになっていた。

ニセコライナーは満員のお客さんと一緒に、8時57分に札幌に到着した。

こうしてたくさんの人と列車を降りるのは久しぶりな気がする。

そして、私は初めて札幌駅に降り立った。

上に大きな屋根がかかっていて、朝でも暗いホームで私は周囲を見回す。

「へぇ〜札幌駅って、こんな感じなんだ」

北海道の中心の駅である札幌は、東京駅や新宿のような雰囲気だと思っていたけど、ホームには白い湯気が立ち昇る立ち食い蕎麦屋さんや、たくさんの駅弁を並べる駅弁屋さんがあり、とてもレトロな雰囲気が漂っていた。

次から次へと長い編成の青い列車がやってきて、大きなキャリーバッグを持ったお客さんを積み込んでは出発していく。

札幌駅は新宿のように通勤列車が数分おきにやってくる忙しい感じではなく、きらびやかな特急列車がゆっくりやってくるような、旅情感漂うターミナル駅だった。

私は近くのエスカレーターに乗り込んで、一階のコンコースへ下りる。

コンコース内には待合所があるが、その中心には大きな石油ストーブが設置されていて、既にゴーゴーと火が入っているところが北海道の駅らしい。

ここからは経路検索アプリの指示に従って歩く。

改札口を抜けたら東コンコース南口を出て、左側にあるJRタワーホテルに入る。

ここを歩いていくと、大きなバスターミナルがあった。

その一角に自動券売機があったので、富良野までの高速バスのチケットを購入する。

簡単な路線図で見ると、富良野は旭川(あさひかわ)の下辺りにあった。

北の果て稚内(わっかない)、東の果て根室(ねむろ)なんかから比べると、富良野は地図を見る限りでは、あまり遠くにあるようには思えない。

なんだ、富良野ってたいしたことないじゃん。

価格は二千五百円だったので気にならなかったが、驚いたのは所要時間だ。

「えっ⁉　富良野まで三時間もかかるの⁉」

東京から二時間半も新幹線に乗れば、新大阪に到着してしまう。

それなのに北海道では三時間高速バスに乗るのに、旭川の少し手前にある町までしか行けないのだった。

「どんなに広いの……北海道」

こんなところで試される大地の広大さを実感する。

南レーン16番乗り場で並んで待っていると、側面に「中央バス」とアルファベットで書かれた白と赤のツートンカラーの高速バスがやってくる。

割合、高速ふらの号を利用するお客さんは多く、みんな大きな荷物をカーゴスペースに預けてから、次々にバスに乗り込んだ。

高速バスはオーソドックスな感じで、真ん中の通路を挟んで左右に二人用の赤いシートが並んでいて、窓が少し高い位置にあるハイデッカータイプだった。

三列目くらいのところに座った私は「やっぱりないよね……」と肩を落とす。

最近は車両によっては備えていることもあるのだが、この高速ふらの号のシートには、充電用のコンセントは備えられていなかった。

仕方なくあまりスマホは使用せず、私は眠ることに決めた。

9時30分に扉が閉められ、高速ふらの号は札幌駅を出発した。

最初はビルの乱立する札幌市街を走っていたが、すぐに郊外にあったインターから高速道路に乗り、延々と続く片側二車線の高速道路を走り出す。

高速ふらの号は札幌を出てからは、途中のサービスエリアで二度ほどトイレ休憩を行ったが基本的にノンストップで走った。

それだけ全力で走っても、富良野まではしっかり三時間かかるのだ。


結局、富良野駅前に到着したのは、12時7分だった。

比羅夫を朝7時前の列車に乗ったのに、往路だけで五時間以上もかかっている。

バスから降りた私は、座ったままの姿勢で固まりつつあった体を思い切り伸ばした。

「くぁぁぁぁぁぁぁぁぁ!」

なぜか? 鉄道の三時間では、こんなには疲れないが、バスの三時間は辛い。

駅前バスターミナルに立った私は、富良野駅舎を振り返る。

「案外小さいのね」

ドラマの聖地となって多くの観光客が来ただろうし、夏の北海道の旅行パンフレットには必ず載っている、有名なラベンダー畑の最寄り駅なはずなのに、富良野駅は茶色のタイルが壁に貼られた一階建ての古いローカル駅だった。

駅舎の出入口にはバスターミナルに向かって真っ直ぐに延びる屋根が続き、そのすぐ横には白字で「うどん・そば・おにぎり」と書かれた青い暖簾（のれん）のかかる窓があった。

「ドラマの素朴な雰囲気を残しておきたかったのかな？」

駅舎内へ入ってみると、自動券売機が一台と、みどりの窓口が一か所だけあり、改札には自動改札機はなくホームへの扉は閉じられていた。

右の奥にはホームに向かって並べられたベンチが八つくらいあったが、そこに座って待っているのは、地元の人っぽい七十歳くらいの夫婦だけだった。

待合室の後ろに位置する立ち食い蕎麦は、かなり長い間富良野駅で営業している名店のようで、天井から「かけ、月見、わかめ、天ぷら、山菜、きつね、おにぎり」と書かれた大きなメニューが吊られ、その下には「駅の立喰」と書かれた年季の入った紺の暖簾がかけられていた。

待合室に漂う出汁（だし）の香りからだけでも、ここの蕎麦がおいしそうなことは分かる。

だが、まずは大雪さん夫婦が行った蕎麦屋を探さなくてはいけない。

蕎麦のことは蕎麦屋だ！

私はカウンターへ歩いていって、白いエプロン、白い三角巾の四十歳くらいの女性に声をかける。

「いらっしゃいませ。何にしますか？」

女性はにこやかに笑った。

「いえ、すみません。少し聞きたいことがあるのですが？」

「聞きたいこと？」

女性は戸惑いながら聞き返す。

「えぇ、ちょっとお蕎麦屋さんのことについて、お聞きしたいんです」

「私に分かるかどうか……」

自信なげに言う女性に、私は会釈してから話し出す。

「ありがとうございます。数十年前に富良野を舞台にしたドラマがありましたよね？」

そう言うと、パッと顔が明るくなるのが分かる。

「えぇ、あのドラマのおかげで、富良野は大人気観光地になったんですよ」

とても嬉しそうに女性は言った。

「そのドラマの中に出てきたお蕎麦屋さんって、どこにあるのか知りませんか？」

「ドラマに登場した……お蕎麦屋さん？」

女性は腕組みをして上を向き、ほんの少しだけ考えだす。

「そこで食べたお蕎麦がとってもおいしくって忘れられないって方がいて、その人が言うには『腰があって、温かいお出汁で食べても、お蕎麦の味がしっかり味わえて香りもとてもいい』お蕎麦だったとか……」

そう言った瞬間に、女性は「あぁ～」と声をあげる。

「きっと、麓郷屋さんね」

私はスマホのメモアプリを立ち上げて、サクサクとメモをする。

「麓郷屋さん……ですね」

「きっと、香りのいいのは『牡丹蕎麦』を使って打った蕎麦のはずだから」

「牡丹蕎麦？」

「北海道で栽培されているほとんどの蕎麦は『北早生蕎麦』って品種のものなの。牡丹蕎麦は昔からよく栽培されていた品種で味がいいのは分かっているんだけど、背が高くて倒れやすい上に収穫量が少ないから、育てる農家さんも、作る蕎麦屋も少なくってね」

「へぇ～お蕎麦にもいろいろと品種があるんですね」

私はメモをしながらうなずく。

「今、富良野で牡丹蕎麦を使っているのは、麓郷屋さんくらいだと思うから……」

「それで、その麓郷屋さんって、どこにあるんです？」

駅前の方を指差して聞くと、女性は「いやいや」と右手を左右に振る。

「麓郷屋さんは、駅前じゃなくてドラマのロケセットなんかがある麓郷って町にあるのよ」

「富良野駅から少し離れているんですね」

私が微笑むと、女性は心配そうな顔をする。

「お客さん、車で来たの？」

「いえ、富良野までは高速バスで……」

「じゃあ、麓郷まではどうするの？」

私は再びスマホを取り出して、麓郷屋さんまでの経路を検索しようとする。

「少し距離があるなら、バスかタクシーで行こうと思います」

女性は口を少し開いて「あぁ〜」と残念そうな声をあげる。

「麓郷へ行くバスの本数は少ないし、タクシーで行くには距離があるわよ」

と言われても、私は車の免許を持っていないのでレンタカーを借りることもできない。

それに車に乗せてくれるような知り合いが、富良野にいるわけもない。

検索したスマホの画面にも、一日数本しかないバスの時刻表が表示されるだけだった。

私はしっかりと頭を下げて、女性にお礼を言う。

「ありがとうございました。じゃあ、タクシーで麓郷屋さんへ行ってみます」

「気をつけてね」

女性はあいそよく手を振ってくれた。

まぁ、距離があるとは言っても、たいしたことはないだろう。

駅舎から出て私は、駅前ロータリーの右手に二台しか停まっていないタクシー乗り場へと歩き、白いハイブリッドカーのタクシーの後部座席に乗り込む。

紺のスーツに赤いネクタイをした、顔に深くシワの刻まれている六十歳くらいの運転手がルームミラー越しに聞く。

「どちらへ？」

「麓郷屋さんまで」

その瞬間、黒縁眼鏡の向こうの目が大きくなるのが分かる。

「えっ、麓郷まで行くの!?」

そう言われると、ちょっとビビッてしまう。

東京でタクシーに乗って、そんなに驚かれたこともないからだ。

「はっ……はい。麓郷までお願いします」

「分かりました」

運転手は開いていた後部ドアをレバーで閉めてからタクシーを走らせた。

富良野駅前を出たタクシーは、国道237号線と書かれた幅の大きな二車線道路を南へ走っていく。

運転手は「どっから来たの？」「今日は天気いいねぇ」など、お馴染みの当たり障りのない会話をしながら気楽に車を転がしていく。

あっという間に周囲には民家がなくなり、見たこともないくらい広い畑が左右に広がる。

丁度収穫前の時期なのか、畑はどこも色鮮やかだった。

やがて、左へ行くと「麓郷の森」と看板の出ていた信号も何もない交差点を左折して、単線の根室本線の踏切を渡る。

ここから前に見えだした小さな山へ向かって道路は続いて行く。

ちょっとビックリするのは、ブゥンと車やバイクに追い抜かれること。

もちろん違反ではないのだが、東京では渋滞ばかりで車に抜かれるなんてことはないから、右側から凄いスピードで追い越されると驚いてしまう。

そして、北海道でのタクシーメーターはガンガン上がる。

東京でタクシーを利用する時は、あまり気にしていないような気がするが、タクシーというものは距離によって値段が上がるということがよく分かる。

既に二十分以上走っているのに、まったく町らしいものは見えてこず、料金メーターは軽く三千円を回っていた。

「運転手さん、まだ先なんですか？」

ご機嫌で運転手は答える。

「あぁ～今で丁度半分くらいですね」

「はっ、半分……なんですか……」

確かに北海道をナメていた……。

遠くに見えていた小さな山の麓（ふもと）を右に左にカーブしながら通り抜け、左右に山肌の迫る道を進んでいく。

最初に渡った踏切の辺りで見たきり、信号は一つもない。

たぶん北海道では時速五十キロで走れば、一時間にキッチリ五十キロ進むだろう。

そう思ってしまえるくらいに、まったく停車することなく走り続けた。

結局、町が見えてきたのは、富良野から四十分くらい走ったところだった。

何もなかった道路沿いに民家が建ち始め、商店、ガソリンスタンドなど生活に必要なお店が、大きな十字路を中心にあり、タクシーはそこを過ぎたら停車した。

「ここですよ、麓郷屋」

「ありがとうございます」

タクシーメーターには四千九百五十円と表示されていた。

これ……帰りもあるのよね。

割合大きなダメージを受けつつ、運転手に五千円を払ってお釣りを受け取る。

「ありがとうございました〜」

私が下車すると、運転手はドアを閉めてから前へ向かって走り去った。

道路左側にあった麓郷屋を見つめる。

「これもドラマのセットで作ったんだったっけ？」

麓郷屋は北海道の赤いトタン屋根の二階建ての古民家で、外壁は鎧張と呼ばれる造りで、鎧のように段をつけて板を重ね合わせることで雨水を防ぐようになっていた。

外壁にはストーブ用の煙突が斜めに張り出しているのが見える。

富良野の麓郷はローカルエリアだが、周囲の家はキレイなサイディング張りの新しい家が並んでいるのに、蕎麦屋だけが懐かしい昔ながらの雰囲気で建っていたのだ。

ここだけが本当に時の流れが止まっているかのよう。

大きく「手打ちそば」と白字で書かれた紺の暖簾をくぐって、引き戸をカラカラと開く。

店内は六畳ほどの広さで、四人用の机を四つ置けば一杯という感じだった。

壁はドラマに出演していた俳優、脚本家、監督などの有名人のサイン色紙と名刺で埋めつくされており、お客さんも「あれ主演の……」と、それらを見ながら盛り上がっている。

さすが大雪さんの思い出に残るくらいの蕎麦屋さんは人気店で、お昼の忙しい感じは終わっておらず、それぞれのテーブルにお客さんが一人、二人座っていた。

少し困ったのは店内のどこにも「お持ち帰り蕎麦」と書かれたものがなかったこと。

困っているうちに、ピンクのエプロンをつけた白髪の女性の店員が、

「いらっしゃいませ。お一人ですか？」

と声をかけてくる。

狭い店内で店員は一人しかおらず、雰囲気から察すると店の女将（おかみ）のように思った。

仕方なく蕎麦を頂くことにする。

「はい。一人でお願いします」

「では、ご相席でよろしいですか？」

「ええ、いいですよ」

「じゃあ、そちらの席へどうぞ」

女将が厨房に一番近い右奥の木のテーブルで、空いていた奥の席を指差す。

向かい側で温かい野菜天ぷら蕎麦を食べ始めた作業服の男性二人に会釈してから、かなり使い込んである青い丸い座面のパイプ椅子に座る。

もう、店内のあらゆる物も女将も、なにもかもが昭和の映画セットのようだった。

こういうお店は気難しい店長で「うちはもり蕎麦しかねぇ」とかいう雰囲気かと思っていたが、カウンター横に貼られていたメニューには、ざる、もり、親子、かしわ、野菜天ぷら、山菜、たまごとじ、たぬき、なっとうなど、割合多彩なメニューが並んでいた。

そこでメニューの端に「生蕎麦」という項目を見つけて少しホッとする。

帰りに持ち帰り用の生蕎麦を頼もう。

そして、居酒屋に勤めていると、妙なところで食べ物ウンチクに詳しくなる。

そんなことも長く勤めている、おじさん社員から聞いたような気がした。

蕎麦屋の腕が最も分かるのは、もり蕎麦。

「ご注文は？」

ペンを右手に持って注文票を女将が構える。

「じゃあ、もり蕎麦一つください」

すぐに厨房に向かって「もり蕎麦一つ！」と大きな声が響いた。

私の前にもたくさんの注文が入っていたらしく、厨房を覗くと、気難しそうな店長と思われる六十歳くらいの男性が、木箱から生蕎麦を取り出しては、大きな鍋に慣れた手つきで黙ったまま次々に入れていくのが見えた。

蕎麦を五分ほどで鍋から取り出し、冷たい水でサラッと締める。

温かい蕎麦の場合は丼を取り出して、蕎麦を入れてから出汁をかけ、冷たい蕎麦の場合は朱塗りの丸いセイロに盛って、ネギやワサビののった薬味皿と一緒に、蕎麦つゆを入れた蕎麦徳利と蕎麦猪口を出す。

もり蕎麦がセイロで出てくるのは、おじさん社員いわく「江戸時代にはセイロを使った『蒸しそば切り』というものが出されていた名残」だそうだ。

三十分くらい待っていると、私のもり蕎麦がテーブルに出された。

「お待たせしました」

「おっ、大盛頼んだっけ？」

もり蕎麦は税込みで六百五十円なんだけど、とてもそんな量じゃない。

セイロからこぼれそうなくらいに、蕎麦のボリュームがあった。

きっと、こんなに蕎麦を出せる店は、東京にはないだろう。

蕎麦は手打ちで、少し太めでバラつきもある田舎蕎麦だった。

色は黒というより白っぽく、練り込まれた黒い粒が見えた。

私が蕎麦を待っている間に、前の二人はアッサリ食べ終わってレジで会計をしてから出て行ったので、テーブルには私だけになった。

「よしっ、食べるぞ！　いただきます」

私は机にあった割り箸を一つパチンと開き、蕎麦猪口に少しだけネギを入れてから、セイロの上の蕎麦を手繰（たぐ）り、蕎麦つゆが張られている蕎麦猪口へ入れる。

半分くらいまで蕎麦汁につけたら、口をすぼめて一気に吸い上げた。

その瞬間、今まで感じたことのないくらい、蕎麦の香りが一気に鼻を抜けていく。

そして、口の中に広がる蕎麦の味と汁に含まれる出汁と豊潤なしょうゆの香り。

東京の駅の立ち食いで食べていたものは「なんだったの⁉」と思ってしまう。

うわぁ〜おいしい。そして、なんて腰の強さ。

思わず口にしてしまいそうになるのを我慢する。

これがおじさん社員の言う「もり蕎麦効果」なのか？　それとも、何を食べても麓郷屋の蕎麦はうまいのか？　それは分からない。

ただ、今まで食べたことのない、とてもおいしい蕎麦だった。

一回箸をつけてしまうと、次から次に進んでしまう。

だから、蕎麦が来てから十分もしないうちに食べ切ってしまった。

一瞬、お昼にこんなに蕎麦を食べてしまったら、夕食に食べる時に飽きてしまうかと思ったが、そんな心配は無用だった。

割合ボリュームのあったもり蕎麦一枚でも量が少なく感じるくらいで、すぐに食べ終わってしまった私は、もっと食べたくなっていた。

これは亮にも食べさせてあげなきゃ！

そう思った私は、横を通った女将を呼び止めた。

「すみません。持ち帰り用の生蕎麦を三人前頂けますか？」

その瞬間、女将は「う〜ん」と唸って、難しそうな顔をする。

「お持ち帰りの生蕎麦は、予約制なんですよねぇ」

「えぇ!?　そうなんですか!?」

「ほら、あそこにも……」

女将が指した壁のメニューをよく見ると、生蕎麦の下にカッコ書きがしてあって、そこには（要予約）と書かれている。

「すみません……」

女将は軽く頭を下げて、厨房へ消えていく。

私の頭の中でガーンという音が響くが、ショックを受けている場合じゃない。

だって、私は富良野まで数時間、往復一万円以上かけて来ているんだし、今日予約して明日取りに来るというわけにもいかない。

どうしても生蕎麦が、今、必要なのだ。

ガタッと一気に立ち上がった私は、女将の背中に声をかける。

「すみません！　予約はしていなかったのですが、そこを何とか分けて頂けませんか？」

勢いよく頭を下げる。

振り向いた女将は、ため息混じりにつぶやく。

「そんなこと言われてもねぇ～」

「突然こんなことをお願いするのは失礼ということは分かっておりますが、どうしても、今日、ここのお蕎麦を食べて頂きたいお客さんがいまして……」

「うちは手打ちだから、あまり余裕がないのよ～」

女将を困らせているのは、その声のトーンからも分かった。

きっと、私のような一見(いちげん)の観光客に「私も私も」と生蕎麦を買われると、ここまでわざわざ食べに来てくれたお客さんに、出せなくなることもあるのだろう。

居酒屋の店長をやっていた者として、その気持ちはすごく分かる。

だが、この程度で引き下がっていては、ブラック企業の居酒屋店長は務まらない。

常にいろいろな緊急事態が発生する居酒屋では、その度に営業所、本社、他の系列店、果ては近所の仲良しの店にお願いして乗り切ってきた。

だから、こういう時にどうすればいいかは、一つしかないと分かっている。

「私は比羅夫でコテージのオーナーをやっています」

そう、正直に困っている状況を話すしかないのだ。

「じゃあ、今日は比羅夫から、わざわざ？」

私は頷いてから話を続ける。

「昨日、お泊まり頂いたお客さんから、北海道の思い出を聞いたのですが、その時数年前に食べた『麓郷屋さんのお蕎麦がとてもおいしかった』とおっしゃって」

「そっ……そう」

「本当はそのお客さんもこちらへ寄りたかったらしいのですが、新得から東鹿越間が不通になっているから、富良野に寄れなかったらしくて……」

女将は右手を口元にあてながら、同情したような顔をする。

「そうだったのね……。新得から東鹿越間の根室線は、数年前の台風でグチャグチャになっちゃったから、復旧の見通しもたっていないのよね。おかげで釧路（くしろ）やトマム、夕張（ゆうばり）方面から鉄道で富良野へ来るのが難しくなっちゃっているのよねぇ」

顔をあげた私は、女将に食い下がった。

「何とかお願いできませんか⁉ 私、そのために朝から列車とバスを乗り継ぎ、ここまでタクシーを飛ばしてやってきたんです！」

「そう言われてもねぇ……」

女将が困っていると、厨房から店長がヌッと首だけを出す。

そして、私の顔をじっと見てから、ボソッとつぶやいた。

「三人前、包んでやんな」

「でも、生蕎麦は――」

女将の言葉を気の短そうな店長がすぐに遮る。

「この人は『自分のところのお客さんを喜ばせたい』って必死なだけなんだ」

店長は私の顔を見ながら、フッと微笑んで続ける。

「なっ、そうだろ？」

店長の優しい心づかいに、胸の底が温かくなる。

少し目が潤んでしまいながら、私はしっかりとうなずく。

「どうしてもお客さんに、北海道の思い出のお蕎麦を食べてから帰って欲しくて！」

「その気持ちは俺にも分かる。ちょっと待ってなっ」

店長は厨房へ戻ると、箱の中から打ち粉がついたままの蕎麦を三束取って、横にあった紙に包むと、ビニール袋に入れて私に手渡す。

「いいかい？　茹で時間は四分十五秒だ」

「分かりました。四分十五秒ですね」

そこで、女将がレジを素早く打った。

「もり一つ、生蕎麦三つで、二千百五十円ね。生蕎麦を持ち帰りたい時は、ちゃんと予約してから来てね」

優しく微笑んでくれた女将に、私も微笑み返す。

「今度は富良野にゆっくり遊びに来ます。その時は、ちゃんと予約してから寄らせてもらいます」

私はお会計を済ませて、二人にしっかりと頭を下げる。

「ありがとうございました」

静かに頷いた店長は厨房へと戻って調理を始め、女将は他のお客さんと同じように、

「ありがとうございました〜」

と、大きな声で私を送り出してくれた。

私は分けてもらった貴重な生蕎麦をトートバッグにしまい、引き戸を開いて外へ出た。

見上げると、北海道の抜けるような青い空があり、今までいた蕎麦屋の店内が、まるで別世界でドラマのワンシーンだったような気がした。

夢……だったの？

フッとそんなことを思ってしまう雰囲気が、北海道にはあった。

スマホで時刻を確認すると、15時を少し回っていた。

「割合時間かかっちゃったなぁ〜」

少し焦ったのは始発でやってきたのに、既にこんな時刻になっていたからだ。

きっと、大雪さんは日が沈む頃には、コテージへ戻ってくるはずだ。

帰りも同じくらい時間がかかるなら、早くしないと夕食時間に間に合わない。

そこで道路の左右を見た私は、北海道なら当たり前のことに気がつく。

「タクシーがな――――い!!」

東京なんて道路へ出れば「空車」を灯したタクシーが五分もせずにやってくるし、なんならアプリで呼び出すこともできる。

だけど、富良野の麓郷に、流しのタクシーなんて一台もない。

タクシーを呼ぶとしても、麓郷からではなく富良野駅から来るはずだ。

駅からここまで四十分くらいかかったから、戻るのに一時間以上になってしまう。

それでも、他に方法はないので、私は麓郷屋に向かって振り返る。

「どうしよう。女将さんに言って、駅からタクシー呼んでもらおうかな……」

少し躊躇したのは生蕎麦の件で迷惑をかけたので、これ以上、あの二人に迷惑をかけたくはなかったからだ。

その時、白い車が山の方からやってきて、向かい側の歩道沿いに停車する。

運転席の窓ガラスが開くと、さっきの運転手が顔を出してニコリと笑う。

「富良野駅へ帰るのかい？」

私は何も考えていなかったが、きっと、運転手はこんな場所までタクシーで来てしまった私が困ると思って、蕎麦を食べ終わるまで近くで待ってくれていたんだ。

こんなファンタジーは、みんな忙しい東京じゃ起こることはない。

そして、やっぱり北海道の人は心優しい。

「富良野駅までお願いします！」

「やっぱ、そうだよな」

運転手はカチャリと後部ドアを開けながら微笑んだ。

私がタクシーに飛び乗ると、運転手はドアを閉めて勢いよく走り出した。

富良野へ戻る時も、信号で停まることもなく走り続けたが四十分ちょっとかかる。

その間に経路検索を行うと、帰りは富良野からバスではなく鉄道を利用した方が早く帰れることが分かった。

そして、運転手が待ってくれていなかったら、大変なことになっていたことが分かる。

「危なかった〜」

「なにがです？」

「今から駅へ行けば15時52分の滝川(たきかわ)行普通列車に乗れるけど、もし、富良野からタクシーを呼んでいたら、この列車には乗れなかった」

運転手はフッと笑う。

「北海道ですからね。一本逃したら大変でしょ？」

小さく頷いた私は、一本後の経路検索を表示させて声をあげる。

「うわっ、次は二時間後の17時57分まで、列車がないんですね」

「北海道の汽車はそんなもんですよ。札幌から離れたら昼間は二時間に一本なんて普通ですからね」

運転手はアッハハと笑った。

しかも、凄いことに比羅夫に今日中に帰るなら、15時52分の列車が最終列車。

もし運転手が富良野駅へ戻っていてこの列車に乗りそこね、次の17時57分の列車になっていたら、小樽の先の倶知安までしか戻れなかったのだ。

しかも倶知安着は、深夜22時48分だ。

そんな時間になったら、大雪さんは寝ちゃっていたかもしれなかった。

「それじゃあ、絶対に15時52分の列車に間に合わせないといけないね」

運転手が頑張って走ってくれたので、富良野駅には15時45分に到着した。

行きとタクシー料金は変わらないので、往復約一万円だ。

運転手にお金を払ってから、お礼を言ってタクシーを飛び出す。

列車が来るまで、もう七、八分しかない。

駅舎に入って焦りながら自動券売機の上にあった路線図を見上げる。

「えっ⁉　比羅夫はどこ⁉」

北海道は広すぎて、富良野の路線図には比羅夫は載っていなかった。

「あぁ〜長距離切符は、こちらで販売しますよ」

改札横のみどりの窓口にいた駅員にそう言われたので、私は窓口へ走る。

「比羅夫まで乗車券を一枚ください」

「比羅夫まででしたら、四千八百四十円です」

往復にいくらかかるの？

東京のつもりで「蕎麦買ってきますよ」なんて軽く言ったけど、北海道は広大で移動費も時間も桁違いにかかることを痛感した。

きっと、亮はそのことを知っていたから「安請け合いして」と言ったのだ。

お金を渡すと、駅員が切符を機械で作って渡してくれる。

「富良野から比羅夫までの乗車券です。15時52分の滝川行は2番線から発車しますから、改札口を通って跨線橋を渡ってください」

「分かりました」

改札口には駅員が立っていて、15時52分の普通列車の改札は始まっていた。

私は切符を見せて改札口を通り抜け、ホームを右へ歩いて跨線橋を上ると、布部方面から黒い煙をあげながら走ってくる白いディーゼルカーが見えた。

「あっ、キハ40系！」

このディーゼルカーを知っているのは、全国のローカル線でたくさん走っているから。

七海に教えてもらった知識の一つだ。

北海道のローカル線では、このキハ40という古いディーゼルカーが多いそうだ。

比羅夫にやってくる車両と違って、見るからに古いので誰にでも分かる。

階段を駆け下りて、ホームの自販機でお茶のペットボトルを買う。

すぐに2番線にガガガガッと大きなディーゼルエンジン音を響かせながら入ってくる。

もちろん、すっかり見慣れた一両編成。

「やっぱりかなりレトロねぇ」

年季の入ったディーゼルカーの中央には、太い黄緑と細い水色のラインが入っていた。

東京では絶対に見ることのないような、表面の白い塗装にはひび割れがあり、窓の下には鉄製の行先表示板が刺してあり「東鹿越―富良野―滝川」と書かれていた。

車両の前と後ろの二か所に扉があったので、私は後ろの方に並ぶ。

ガラガラと頼りなく扉が開くと、富良野で下車するお客さんが数人いた。

下車する人がいなくなったので、ステップを蹴って少し高い車内へ入る。

「なんだか懐かしい匂いがする」

車内には床、カーテン、ディーゼル、暖房器、シートの生地などから出てきたものが入り混じったような、ローカル線独特の匂いが漂っていた。

真ん中の通路を挟んで、両側に青い生地の張られたボックスシートが並ぶ。

ボックスシートは箱のように区切られた形で、直角に近い背もたれを持つ二人席が向かい合わせでズラリと並んでいるタイプ。

そんなボックスシートには、だいたい一人ずつお客さんが座っていた。

地元の人っぽいおじさんは、座った瞬間に靴を脱いで向かい側のシートに両足をポンとのせて、ガバッと新聞を広げて読み出す。

東京なら誰かがスマホカメラで撮ってSNSにあげて、大騒ぎになりそうな気がするけど、大らかな北海道では誰もそんなことはしない。

やがて、一分もすると、やっぱり発車メロディが鳴ることもなく扉がガラリと閉まった。

ズドドドとエンジン音を響かせながら、一両の列車が富良野駅を15時52分に発車する。

車窓にはタクシーからも見えていた広大な畑が流れ出す。

富良野は両側を山に挟まれたような土地で、線路はその真ん中を南北に走っているようだった。

スマホで経路確認をしようとすると、画面に「バッテリー低下」のメッセージが出た。

「えっ、もう10%しかないの⁉」

北海道は気温が低いから、充電があまりもたないんじゃないの？

充電し忘れたことに気づいてからできる限り使わないようにしていたけれども、経路検索などでどうしても使わなければならないことも多かったからだ。

まったくリクライニングしない背もたれに背中を預けながら、ボックスシートの周囲をチェックする。

「やっぱりコンセントはないか……」

一瞬、各席にコンセントを付けるような改造をしてくれていないかと期待したけど、キハ40系は昔のままで、見上げた屋根には扇風機が残っているくらいだった。

窓際に座った私は、壁から出っ張っている細かい穴の開いたステンレス板の上に足をのせた。

そうすると、薄っすらと温かさが足裏から伝わってくる。

どうも、窓際の足元に並ぶ機械は、追加で装備されたヒーターのようだった。

だが、とりあえず、この列車に乗れたことでホッとする。

「これで今日中に比羅夫へ戻れる……」

そうつぶやいた瞬間、私のスマホが鳴り、画面を見ると「亮　携帯」と表示されていた。

「もう夕方だもんね……」

テンションの下がった私は、席を外してデッキまで歩き、緑の通話ボタンを押してスマホを耳にあてた。

「はい、美月です」

すぐにいつものぶっきらぼうな声が聞こえてくる。

《どこまで戻ってきているんだ？》

そんなもの……やっと帰り始めただけで、戻ってきているようなレベルじゃない。

「えっと……今、富良野を出たところ……」

あいそ笑いをしながら答えると、亮がびっくりしたような声をあげた。

《なに!? まだ、富良野を出たところ～？》

「そっ、そう……。意外にいろいろと時間かかっちゃって……」

電話の向こうからは《はぁ》と気の抜けるような、小さなため息が聞こえてくる。

《そんなことで今日中に戻ってこられるのか？》

「一応、経路検索によると、今日中に戻れるみたい」

《本当かよ？》

「たぶんね……」

北海道の距離感がまったく摑めていない私には、もうどこからどこまで行くのに、何時間かかるのかが、さっぱり分からない。

東京を電車で移動するのとは、何か根本的に違うような気がした。

問題は大雪さんのことだろう。

特に何もなければ、そろそろ下山してコテージに戻ってくるはずだ。

私が「夕食に」と言ったんだから、普通なら6時や7時には、お客様にお出ししなくてはならず、今の時間から仕込まなくてはいけないだろう。

きっと、夕食の予定を立てるために、亮は私に電話してきたのだ。

私は恐縮しつつ亮に言う。

「おっ、大雪さんには『夜食になるかも……』って伝えて」

亮からは《はぁ》と再びため息が聞こえてきた。

《分かった。夕食を少し少なめにして、夜食で蕎麦を出すことを伝えておく》

そこまで言った亮は《そのことなんだが……》とつぶやいてから黙った。

気になった私は聞き返す。

「どうかした？」

《まだ戻ってきていないんだ……大雪さん》

「コテージに帰ってきていない？」

私はスマホを耳から外して、今の時刻を確認すると16時過ぎくらいだった。

たぶん、日没は18時前後だから、まだ明るいとは思うけど、登山ならすでに下山してこなくては危ない時刻だ。

《大雪さんには『いつもはやっていませんが、今日のお客さんは大雪さんだけなんで、連絡をくれれば登山口まで迎えに行きますよ』って言っておいたんだがな……》

私は一人で登っていったことが心配になる。
「遭難したとか？」
《遭難か……。確かに最近羊蹄山では多くなっているんだがな……》
「そうなの？」
《もちろん、冬山で遭難するような無謀なやからまでは知ったことじゃないが、夏山でもいつもは三件くらいなんだが、今年は十件くらいあったからな……》
「もう少しして連絡がないようなら、警察に連絡ね」
《そうだな……》
私の頭の中では、昨日大雪さんと話した会話が巡る。
《美月は大雪さんと昨日飲んでいたよな？》
「ええ、少しだけだけどね」
《何か言ってなかったか？》
「何かって？」
少し黙った亮は、言いにくそうにしながらつぶやく。
《例えば……その……生きているのが辛くなってきた……とかさ》
「いっ、生きているのが辛くなってきた!?」

私は近くの席の人が振り返るほどの大きな声で聞き返した。

亮は自分の言ったことを否定するように言い直す。

《例えばだっ！　例えば！》

「驚かせないでよっ」

私は大雪さんとの会話を思い出す。

そうすると、いろいろと気になってくる。

「大雪さん、二か月前に旦那様を病気で亡くしているのよ」

《旦那を？》

「二人はかなり仲がよかったみたいだし……」

《つまり、大雪さんは今でも旦那を愛しているってことか？》

私はスマホを持ったまま頷く。

「だから、二人分の予約のまま北海道旅行を続けていたの。予約を取り消してしまうと『旦那様が、もういない』って感じちゃうからって……」

亮は黙って聞いていたので、私は続けた。

「だから、形見のアルペンハットと一緒に旅をしていて、羊蹄山は旦那様が一番好きな山だったって……」

　亮は小さく唸る。

《それ……やばくないか？》

「どういう意味？」

《羊蹄山は思い出の山ってことだろ？　そういう場所で最期（さいご）を迎えたいとか思わないかな、大雪さん》

「えっ⁉」

　私は言葉を失ってしまった。

　心臓の上に左手を置くとドキドキと高鳴ってくる。

　そう言われれば、確かにそういうところがあったかもしれない。

　私は気楽に「旦那様に愛されていいなぁ」と思っていたが、それだけに失ったショックはかなり大きかったはずだ。

　もしかすると、自分の半身を失ったようなものだったのかもしれない。

　愛していれば愛しているほど、愛されていれば愛されているほど、失った時のショックは比例して大きくなってしまうだろう。

　そこにはいない旦那様のために注いだグラスのワインも、もしかしたら現世との別れで、あの世へ行くための儀式みたいなものだったのかもしれない。

私もたまに見せる寂しそうな表情や諦めたような物言いは、少し気になっていた。
嫌な予感が胸を過る。

「亮、これは……」

「そうだな。これはあいつに――」

亮がそこまで言った瞬間、電話からピーピーと音がしてプツンと切れた。

「えっ⁉　どういうこと⁉」

スマホを耳から離して画面を見ると、バッテリーが「０％」となって空っぽの電池がパカパカと表示されていた。

「こんな時に電池切れ⁉」

私はフッと画面の消えたスマホをギュッと握りしめた。

第六章　戻らぬお客さん

富良野から乗った普通列車は、16時57分に滝川に到着した。

そこで、17時2分発の特急ライラック34号に乗り換えて岩見沢へ向かおうとしたが、割合にお客さんが一杯で、私はデッキに立ったまま三十分くらい乗ることになった。

北海道はどこでも空いていることが多いのだが、小樽～札幌～旭川と札幌～新千歳空港までの路線は、いつも混雑していると車内で切符を買った時に車掌が言っていた。

岩見沢で17時36分発の小樽行普通列車に乗り換えた。

この時点で太陽は西へ傾き、鮮やかな夕焼けとなりつつあった。

普通列車に使用されている車両は、進行方向に向けて並ぶシートだったが、ここにもコンセントの設置はなく、亮に大雪さんの消息確認を行えない。

何もできないことに、私はただ焦るだけだった。

この列車が終点の小樽に着いたのは、19時12分。

既に日は沈み、周囲は暗闇に包まれ、レトロな雰囲気にリニューアルされた小樽駅のホームのガス灯型ライトが輝いていた。

ほとんどのお客さんは小樽で下車していくが、私はホームを移動して19時30分発の長万部行の普通列車に乗り込む。

この列車が比羅夫へ行く今日の最終列車で、この後の列車は途中の倶知安、余市までしか行かない。

仕事帰りの人達と一緒に、部活で遅くなったと思われる学生服の上にコートを着た女子高生の二人組が乗っていて、二人のキャッキャと盛り上がる声だけが車内に響いていた。

19時30分になるとH100形一両編成の長万部行最終列車が小樽を出発する。

私はトートバッグからスマホを取り出して、ダメで元々と思って電源スイッチを長押しするが、画面が光ることはなかった。

「ちゃんと充電しておけば良かった」

どこかで充電できると思っていたが、なかなかそういう場所がなかった。

スマホを戻そうとしてトートバッグの中を覗くと、麓郷屋で分けてもらった生蕎麦の白い包みが見える。

私は生蕎麦に願いをかけるように手を添える。

「きっと、大雪さんはお蕎麦を食べに戻ってきてくれる……」

その時、女子高生二人の声が、ひと際高くなる。

「あっ、雪！」

「えっ、本当に⁉」

車内の人達が一斉に顔をあげて、女子高生らが指差した右の車窓を見つめる。

すると、窓の外を白いものが舞っていた。

前から飛んできた雪が、車両の周囲を掠めて後方へ飛んでいく。

私もいつもなら女子高生みたいに「雪だ！」と声をあげながら、北海道で初めて見る雪にテンションをあげていたかもしれないが、今は大雪さんのことが心配になる。

「こんな中……もし山に残っていたら……」

麓に降ったということは、山中ではかなりの降雪になっているはず。

確か避難小屋がどこかにあったと聞いたが、もし降雪の中を歩き続けていたら年齢的に低体温症を起こすかもしれない。

だから、今は雪を見ると、ただ、心配が募るだけだ。

私は小樽から比羅夫まで約一時間半、じっと黙ったままだった。

大雪さんと約束した蕎麦の入ったトートバッグを胸に抱き、「きっと大丈夫」と念じた。

《まもなく比羅夫、比羅夫です》

その車内放送を聞いた瞬間、私は勢いよく立ち上がって真ん中の通路を走った。

連絡が取れなかっただけだ。きっと、ダイニングで大雪さんが微笑んで出迎えてくれる。

キィィンとブレーキ音をあげて列車が停まると、運転士が運手席から離れて立ち上がり、私に向かって微笑む。

「美月ちゃん、お帰り～」

運転士は始発の人と同じだった。

だけど、私はにこやかに答えている余裕がなくて、急いで富良野からの切符を手渡す。

「これ切符です！」

急いでホームに降りた瞬間、私はバランスを崩して勢いよく尻餅をついた。

「きゃっ！」

私を中心にボンと雪煙が舞い上がる。

足元を見ると雪がホームに積もっていたのだが、暗かったので気がつかなくて思い切り足を雪に踏み入れて滑ってしまったのだ。

運転士が上から心配そうに覗き込む。

「大丈夫かい？　内地の人は雪に慣れてないから……」

私は急いで立ち上がった。

もちろん、強打した尻はドスンと痛い。

「大丈夫です！　ありがとうございました」

私が頭を下げると、運転士は微笑みピッと笛を鳴らしてからドアを閉めた。

グォォォと走り出す列車と一緒に、私もホームをヨタヨタ歩いてコテージへ急ぐ。

とにかく私は大雪さんの顔を見て安心したかったのだ。

ガラリと引き戸を開いて、閉めることなくコテージの玄関へ走る。

そして、暖かな光の灯る玄関扉を勢いよく開いた。

「ただいま――!!」

リビングの椅子に一人で座っていた亮が、すっと立ち上がる。

「お疲れさん」

私は投げ捨てるように靴を脱ぎ、ダダッと駆け寄り亮の肩に両手を置いた。

「大雪さん、帰ってきているよね!?」

必死に見上げる私に向かって、困ったような笑みを浮かべてつぶやく。

「それが……まだなんだ」

私が「えっ!?」と驚いて振り返った鳩時計は、21時5分を指していた。

大雪さんは既に下山していて夕食も食べ、私の蕎麦を夜食として待ってくれている。

そう思っていたのに、21時になっても大雪さんはコテージに戻ってきていなかった。

「大雪さん……遭難したのね」

頭の中で大雪さんが雪の中に倒れている姿が浮かぶ。

「いや、まだそうと決まったわけじゃ――」

カッと頭に血が上った私は、亮の言葉を遮って必死に前後に揺らす。

「けっ、警察に言って捜索隊を出してもらわないと！　いや、消防だったっけ⁉　いやいや、自衛隊だったっけ⁉」

「自衛隊じゃないな」

「だったらまずは、警察！　警察よね⁉」

初めての事態に焦りまくっている私は、思い切り気が動転していたが、亮はこういうことに慣れているのか落ち着いた感じだった。

「美月、まぁ落ち着けって」

「どうして、こんな状況で落ち着いていられるのよ⁉」

「当たり前だろ」

その言葉に「えっ⁉」と私は言葉を失った。

「俺達が焦ったって、大雪さんが帰ってくるわけじゃないだろう」

亮がこんな冷たい人だとは思わなかった。

「コテージのお客さんが遭難したかもしれないのに！　どうして、そんなに他人事みたいな態度でいられるのよ!?」

少し悔しくなった私の目からは、すっと涙がこぼれた。

亮は困ったような顔をする。

「なっ、泣くなよ……。こういう時はだなぁ、まず山岳――」

亮がそこまで言った瞬間、玄関の扉がガタンと鳴って開いた。

私と亮は玄関を見つめる。

そこにはアルペンハットに少し雪をのせた大雪さんが立っていた。

「大雪さん！」

いても立ってもいられなかった私は全力で走り、床に立ったまま大雪さんを抱きしめた。

きっと、コテージのオーナーがお客さんを抱きしめるなんて失礼でしかないことは分かっていたが、私は思わずそうしていた。

「良かった――!!」

そう言った瞬間に、私の目からは涙が溢れ出して止まらなくなる。

私は大雪さんのグレーの髪の横に顔を置き、ただただ泣きじゃくった。

最初は少し戸惑っていたが、大雪さんは私の頭をそっと両手で抱いてくれる。

「ごめんなさいね……美月さん。心配させてしまって……」

心配していたことなんて、今の私にはどうでもよかった。

顔をつけたまま、私は左右に首を振る。

「いいんです、いいんです。ここへ帰ってきてくれれば、それだけでいいんです……」

大雪さんは孫をあやすように、頭の後ろをポンポンと優しくなでる。

そして、耳元でささやいてくれた。

「……ただいま」

顔をゆっくり離した私は、今できる限りの精一杯の笑顔を泣きながら作った。

「おかえりなさいませ……我が家(ホーム)へ」

目を合わせた私たちは、お互いに微笑み合った。

その時、オレンジのヘルメットに、スモークの入った白いゴーグルをした長身の人が、大雪さんの後ろからぬっと現れる。

「感動の対面は分かるのですが、とりあえず中へ入れてもらえませんか？　このままでは待合室で低体温症を起こしてしまいそうで……」

私は大雪さんしか見えていなかった。

「あっ、あっ、すみません」

焦りながら私が一歩後ろへ下がると、亮が背中を受け止めてくれた。

「どうぞ、二人共、着ているものを脱いでストーブの前へ」

「大雪さん、こちらへ」

私はオレンジの炎が燃える薪ストーブの前へ大雪さんの手を引いていく。

男の人が玄関でヘルメットとゴーグルを外すと、亮がなれた手つきで受け取る。

ゴーグルの下からは日に焼けた肌の、銀縁眼鏡をかけたインテリ系のイケメンが現れた。

格好はテレビで見る山岳救助隊のような、しっかりした登山装備だった。

上には真っ赤な登山用ジャケットを着て、下には黒いスキーパンツを穿き、背中に背負ったザックには、登山用のザイルや折り畳み式のピッケルが吊られている。

体中には黒いハーネスを装備していて、各部に付いているカラビナが歩くたびにカチャカチャと鳴った。

私は大雪さんからアウターを受け取って、ハンガーにかけて壁に吊るす。

「ありがとう、兄貴（あにき）」

亮が男の人に言ったセリフに、私は「はぁ!?」となって聞き返した。

「あっ、兄貴!?」

「あれ？　美月ちゃんに言ってなかったんですか？　私のこと」

亮に兄貴と呼ばれた男の人が、クイクイと私を指差す。

「来た時に話せばいいかと思っていたからなっ」

なぜか不機嫌につぶやいた亮は、ヘルメットについた雪を落としてから乾いたタオルでサッと拭き、ストーブ近くのテーブルの上に置く。

その後で私の側へやってきた亮は、黙ったまま右手を出す。

「買ってきたんだろ？　富良野の蕎麦」

「あっ、そうだった」

すっかり忘れていた私は、トートバッグへ走って中から白い包みを取り出して亮に渡す。

生蕎麦の包みを持ってキッチンへ歩いていく亮の背中に声をかける。

「茹で時間は四分十五秒だそうです！」

「分かった」

亮は振り返ることもなく、右手をあげて応えた。

ハーネスを外してジャケットを脱ぎ、スキーパンツのオーバーオール姿となった亮の兄が、スリッパをパタパタと鳴らしながら私のところへやってきた。

「初めまして、兄の東山健太郎（けんたろう）です」

兄弟なのに、まったく似ていない。

亮がぶっきらぼうなのに対して、健太郎はとてもあいそがよく丁寧な言葉遣いだった。

やっぱり男兄弟だと兄の方が、しっかりするってこと？

私は差し出された右手を持って握手する。

「よろしくお願いします、桜岡美月です」

「聞いています。徹三さんのお孫さんで、新しいオーナーさんですよね」

健太郎は優しく微笑みながら手を離した。

「でも、どうして健太郎さんが、大雪さんを？」

「私、普段は山岳ガイドの仕事をしているんです。そろそろ山止めですので、九合目の避難小屋の点検をしていたら、亮から『今日登ったお客さんが一人戻らない』って連絡を受けたので、頂上付近へ探しに行ったんです」

私はアルペンハットを被ったままの大雪さんを見ながら聞く。

「それで大雪さんを？」

「そういうことです」

大雪さんはストーブの中で燃える炎をじっと見つめていたが、その右手にはしっかりと旦那様のアルペンハットが握られていた。

私が大雪さんの後ろの椅子に座ると、健太郎もすぐ隣の椅子に座った。

「大雪さん、どうしてあんな時間まで頂上付近にいたんですか？」

顔を炎に照らされながら、大雪さんはポツリポツリと話し出す。

「だって、もうあの人は、この世にいないのよ……」

私は唾を飲み込んでから、静かに聞いた。

「じゃあ、やっぱり死ぬ気……だったんですか？」

「そうね」

そうアッサリ言えるのは、それだけ大雪さんの覚悟が固かったということだ。

「あの人は死ぬ間際に『一番好きだった羊蹄山に骨を撒いて欲しい』って言ったの」

大雪さんは右手に白い粉の入った小さなガラス瓶を持って続ける。

「私はそう言われた時から決めていたわ。羊蹄山にあの人の灰を散骨したら、そこで私も一緒に死のうって……」

「大雪さん……」

黙ってしまったのは、こんな若輩（じゃくはい）の私には、なんと声をかけていいのか分からなかったからだ。

この想いに何かアドバイスをするなら、今までに死ぬ気で人を愛したことがなければいけないし、愛されていなくてはいけないだろう。

私にはどちらの経験もなかった。

だから、愛している人を失ったら「死ぬのは当然でしょ」と考えている大雪さんに、なんて声をかければいいのかが分からなかったのだ。

そこで顔をあげた大雪さんは、弱々しい顔で私に聞く。

「あなた感じたことがある？」

「どんなことですか？」

大雪さんはハッとするような美しさで微笑んだ。

「『もう、この世に自分のことを想ってくれる人は誰もいないんだな』ってこと……」

パチンと大きな音がして、ストーブの中の大きな薪が割れた。

じっと考えた私は、絞り出すようにしてつぶやく。

「あの……私ではダメでしょうか？」

大雪さんは微笑んだまま私を見つめていた。

自分の無力さに嫌気が差したが、それでも、私は大雪さんに伝えたかった。

「旦那様に比べれば、私の想いなんて本当に小さなものだと思いますが、私は想っているんです……大雪さんのことを……」

情けない私は泣いてしまい、涙が膝にのせた手の甲に数滴落ちた。

「きっと、娘さんや他にもおられますよ、大雪さんのことを想っている人が……」

三人共黙ってしまったところに、最終の小樽行21時25分の列車がやってきた。

いつものようにドドドッとエンジン音が大きくなり、ドアが開く音が聞こえるが下車してくる人は誰もいない。

ピッと車掌の笛が響き渡ると列車は動き出し、エンジン音が聞こえなくなった頃に、フイイという汽笛が聞こえてきた。

その時、健太郎が優しい声で言う。

「その想いは、伝わったんじゃないですか？」

私は「えっ!?」と健太郎を振り返る。

大雪さんを見直すと、優しい顔のままで私に笑いかけてくれた。

「だって、頂上までやってきた、この人が会った途端に、こう言ったのよ。『今日の夜食は温かいお蕎麦だそうですよ』って……」

「えぇ、亮からの電話でそれを伝えてくれって言われたので」

私を見ながら健太郎は優しく笑った。

「だから……私は下山してきたの。『まだ私のことを想ってくれる人がいるんだな』って分かったから……」

「……大雪さん」

私は微笑んだけど、目から涙がボロボロとこぼれて落ちてしまった。

そこへ亮がトレーに丼を四つのせてやってくる。

「お待たせしました。コテージ比羅夫特製、野菜天ぷら蕎麦です。美月が三人前しか買ってこなかったから、少な目になってしまいましたが……」

私と目が合った亮は「なんだ？」と首を傾げる。

「また泣いてんのか？　美月」

その瞬間、健太郎が水色のハンカチをすっと私の前に出す。

「ありがとうございます」

健太郎からハンカチを受け取った私は、両目の涙を拭いてから言った。

「これは嬉し涙！」

「嬉し涙？　なにが嬉しかったんだ」

「いろんなことがよっ」

パッと立ち上がった私は、亮のトレーから丼をとってテーブルに置く。

「さぁ、大雪さん、旦那様との思い出のお蕎麦を食べましょう」

「そうね。美月さんが富良野から買ってきてくれたお蕎麦だものね」

大雪さんは立ち上がって、テーブルについた。

上半身を傾け、鼻ですっと出汁の香りを嗅いだ。

「本当に……これは富良野で食べたお蕎麦屋さんの出汁の香り」

そう言われた亮は顔を赤くして照れた。

「麓郷屋の蕎麦は、一度食べたことがあったので……」

「まぁ、一度食べたら、その味が再現できちゃうの？」

亮がますます顔を赤くしていると、健太郎がアッハハと笑う。

「こういうのをなんて言うんでしょうか。音を聞いたら音階の分かる『絶対音感』の料理版みたいな特技で、亮は一度食べた料理は再現できる『絶対味覚』の持ち主なんですよ」

「へぇ～そうなんだ。すごいね」

私は単純に驚いてしまったが、亮は真っ赤になった顔を下へ向けていた。

「だから、昔は私がコテージ比羅夫の料理を担当していたんですが、亮があまりにもすごいので、もう任せることに――」

そんな健太郎のセリフを「あぁぁぁ」と大声で亮は遮る。

「もういいだろ、そんな話。早く食べないと大事な蕎麦が伸びちまうぞ！」

健太郎と目を合わせた私は微笑んだ。

「それもそうね」

私は四人の前に一つずつ丼をおいた。

まだ湯気が立ち昇る温かい茶色のおいしそうな出汁の中に、富良野で買ってきたお蕎麦が沈み、その上には玉ねぎ、小エビ、ニンジンの入った円筒形の野菜天ぷらがのせられ、横には白ネギが少し添えられていた。

確かに……麓郷屋で前の人が食べていた野菜天ぷら蕎麦とそっくり。

亮の意外な才能を、私は少し尊敬した。

目を合わせた私達は、なんとなく声を合わせる。

『いただきます！』

静かにリビングに蕎麦をすする音が響く。

同じ蕎麦を食べているのに、大雪さんは上品に、健太郎は静かに、亮は豪快に、私は子供のように食べた。

だけど、全員から出てきた感想は一つだけだった。

「おいしい！」

こうして四人で楽しく食べたからだったのか、お腹がとても減っていたからなのか、亮の絶対味覚がすごかったからなのか、それとも全てなのか……。

理由は分からなかったが、私はこんなにおいしい蕎麦を食べたのは初めてだった。蕎麦を一気に食べ終えて横を向くと、大雪さんが涙を流していた。

「どっ、どうしたんですか⁉」

心配する私に、大雪さんは涙を拭きながら笑う。

「あまりにも味が同じだから、あの人と食べた時のことを思い出しちゃって……」

「すみません。思い出させてしまって……」

私が謝ると、大雪さんは首を横に振った。

「忘れちゃうより思い出せる方が、数倍嬉しいことじゃない」

大雪さんは胸の前でパチンと両手を鳴らす。

「そう、これも嬉し涙ね」

「だったらよかったです」

見つめ合った私達は、お互いに微笑み合った。

「また、こちらへ泊めて頂けるかしら？」

遠慮がちに言う大雪さんに、私は椅子から立ち上がりしっかりと頭を下げて言う。

「旦那様の大好きな羊蹄山へ登るのに一番便利なコテージ比羅夫に、また是非お越しくださいませ、大雪さん。うちはホームですから」

うまいこと言った！

自信満々で顔をあげると、亮が目を細めて見つめていた。

「なんだ、その、恥ずかしいセリフは？」

そう言われた瞬間、私の顔はカッと真っ赤になる。

「はっ、恥ずかしくないわよっ」

「いや〜絶対恥ずかしいって。なっ、兄貴」

振られた健太郎は人差し指と中指を揃えて、眼鏡の真ん中を押してズレを直す。

「まぁ、これも新しいコテージ比羅夫ってことですね」

「えっ――!!　私、なにかコテージ比羅夫の伝統をぶっ壊している？」

「まぁ、壊していると言おうか……作っていると申しましょうか……」

亮は丼を片付けながら、小さなため息をつく。

「絶対ぶっ壊してるって、美月」

「そんなことないわよっ！」

そんな私達のやり取りを、大雪さんは楽しそうに見ながら笑っている。

もう列車の来ない比羅夫の駅舎で、私達はいつまでも楽しく過ごした。

第七章　冬の比羅夫

羊蹄山が山止めとなると、比羅夫の周囲は雪化粧に包まれた。

今まで見えていたクマザサの草原は雪の下へ隠れ、周囲の林も真っ白になる。

比羅夫は元に戻ろうとしている自然に抵抗する唯一の砦のようになり、雪が降れば除雪車が走ることでかろうじて生き残る二本の銀のレールのおかげで、ここが何とか駅なのだと思ってもらえることができていた。

もちろん、羊蹄山へ登る人がいなくなると、コテージ比羅夫に泊まる人も減った。

それでも日本の鉄道はどんな時でも、一分の狂いもなく走った。

だから毎朝6時31分の長万部行の始発列車で目が覚める。

着替えてリビングへ歩いた私は、亮がテーブルに置いた二セットの朝食セットのうち、手前の方に座る。

向こう側に亮が座ったら、私達はお互いに頭を下げて「いただきます」と言ってから朝食を食べ始める。

ちなみに今日は洋朝食で、バターがたっぷり塗られた四枚切りの厚いトーストに、ベーコンエッグと地元野菜の小さなサラダボールが、仕切りの入った白いホーロー製のモーニングプレートにのせられていた。

泊まるお客さんがいなかった朝は、こうして二人で食べるのが日課。

どうしても朝早く起きてしまう癖がついているので、お客さんがいなかったとしても、遅くまで寝ていられないのだ。

おかげでブラック企業に勤めていた頃に比べると、とても体の調子がいい。

化粧のノリはいいし、足がむくんでパンパンになることもなくなった。

「今日の予約は？」

私が亮に聞く。

「今日まではない。明後日の週末からは、数組予約が入っているけどな」

「そっか……今日は暇なのね」

「暇～？」

そこで私は心の中で「しまった」と思った。

それは「暇なのね」なんて亮に言おうものなら「風呂の掃除」「ベッドルームの掃除」「廊下の電球交換」「薪割り」と、お客さんを迎える準備を命令されるからだ。

だが、亮はホームを見つめながら意外なことを言う。

「俺は余市へ行く予定だがな」

「えっ、余市に何をしに行くの!?」

「仕入れの相談だ。余市にはいい魚介類を扱う小売店がいくつかあるんだ」

北海道についてはなにも知らない私だが、余市だけは知っている。

「余市にはニッカウヰスキーの工場があるよね!?」

テンションが上ってきた私の瞳は大きくなる。

「あぁ、あるぞ。駅から少し歩いたところにな」

私の頭には琥珀色に輝く瓶がいくつも浮かぶ。

「じゃあ、ウイスキーの試飲をしたり、貴重なシングルモルトを手に入れられるのね」

「まぁな。工場見学ができるからな」

確かボトルで買えば数万円はするウイスキーも試飲メニューに入っていたはず。

酒好きとしては、こんなチャンスを逃すわけにはいかない。

それで私の今日の予定は決まった。

「一緒に行っていい!?」

オーナーが従業員に頼むのも、なんだか変な気がするけど。

7時を回りつつある鳩時計をチラリと見てから、亮はガツガツと朝食を食べだす。

そして、食べながらぶっきらぼうに言った。

「じゃあ、7時40分の列車な」

「えっ⁉ あと三十分くらいしかないじゃん！」

「俺は余裕で間に合う」

亮は食べるスピードをまったく落とさない。

「わっ、分かったわよ」

「じゃあ、9時21分の列車まで待つか？ それだと工場にいられる時間が減るぞ」

私はニヒッと笑った。

「絶対に間に合わせます！」

私もブラック居酒屋チェーン店の元店長。

今まで、数分しかない休憩時間内で賄い飯をお腹に全速力で放り込んできた。

もうこうなったら、なりふり構っちゃいられない。

モーニングプレートを左手に持ち、右手に持ったフォークでベーコンエッグを食べる。

静かなリビングに、争うように食べる二人の食器音が響いた。

一足早く食べ終わった亮が自分の食器を片付けキッチンへと運ぶ。

私も食べ終わったらキッチンへと運んで、洗い物をしている亮の側に置いた。

「よろしくお願いします」

「あぁ、いいから早く出かける準備しろよ」

私は自分の部屋へ戻って出かける準備をしたけど、ハッキリ言って普段と変わらない。

こっちへ来てからデートだの飲み会だのという用事がなくなって、そんなことにしか使わない服を買わなくなり、こういう仕事だから化粧を厚くするわけにもいかず、ナチュラルメイクが多くなったからだ。

だから、突然遊びに行くといっても、特に準備はないのだ。

てか……自分は大丈夫なの？

反対にコックコートを着てギリギリまで洗い物をしていた亮の方が気になる。

7時40分の列車到着三分前にリビングへと行くと、廊下から亮が現れた。

「よし、行くぞ」

亮はウール地の黒のジャケットにズボン、中にはストライプの入ったシャツとグレーのベストを着ていた。

頭には黒いニット帽、首には同じ色の長いマフラーを巻いている。

いつもはコックコートだから、そんな格好に少し驚いた。

やっぱり長身で顔の整った亮は、こういうファッションをすると格好いい。

初めて二人で出かけるのに、私はいつもの格好で申し訳なく思えてきた。
「私、やっぱり着替えて——」
そんなセリフを遮って、亮は私の右腕をそっと引っ張る。
「もう時間だ。行くぞ」
玄関から出て鍵を閉め、ホームへ出ると銀の列車がやってくる。
今日は天気がよくて、空は真っ青に晴れていた。
運転士は私達を見てニコリと笑う。
大きなブレーキ音をたてて停車する車両を見ながら、私はすっと空を見上げる。
そして、たった数か月で人生が「大きく変わったな」って感じる。
きっと、東京にいた二年よりも、この数か月の方が彩り深い。
今までモノクロームだった人生に、カラーが入ったような感じだった。
「ありがとう……徹三じいちゃん」
私は改めて感謝した。
さて、今度はどんなお客さんが、このコテージへやってくるだろう。
私の胸はそんな期待で大きくふくらむ。
私の前には真っ白な雪原の彼方へ続く、銀のレールが見えていた。

作品中の鉄道および電車の情報は
二〇二〇年七月のものを参考にしています。

余市
小樽
倶知安
比羅夫
ニセコ
函館本線
札幌
千歳線
新千歳空港
長万部
苫小牧
室蘭本線
室蘭
森
新函館北斗
函館
北海道新幹線

あとがき

こちらの本を手にとってくださりありがとうございました。光文社読者の皆様には「初めまして」になります、小説家の豊田巧です。

さて、「駅舎がコテージになっている」なんて、また「豊田がいつものように、荒唐無(こうとうむ)稽(けい)な設定を作って……」と言われそうですが、北海道のJR函館(はこだて)本線「比羅夫(ひらふ)」には、本当に「駅の宿ひらふ」というものが存在しています。

こちらは日本で、ただひとつの「駅舎が民宿」という珍しい宿です。

北海道旅行へ行った時には「一度は泊まりたい」と鉄道ファンなら、みんなが思っている有名な宿で、もちろん、私も一度泊めて頂いたことがあります。

それは十年前くらいのことで、まだ、寝台特急「北斗星(ほくとせい)」「カシオペア」「トワイライトエクスプレス」が定期運行をしているころでした。十九年間勤めたゲームメーカーを辞めて、そこそこまとまった退職金をもらえた私は「ぐるり北海道フリーきっぷ」を使って冬の北海道を満喫しました。

　もう廃止になってしまいましたが、この「ぐるり北海道フリーきっぷ」は、東京から北海道まで往復、東北新幹線指定席と在来線指定席、または寝台特急「北斗星」のB寝台が利用可能で、北海道内全域がフリーエリアの上、特急指定席が回数制限なく利用可能。有効期限が、復路で「北斗星」を利用した時には、六日間もあるというすごい切符でした。

　このスーパー切符を使って北海道の鉄道を乗れるだけ乗りまくったのですが、小樽近くまで行った時、泊めて頂いたのが「駅の宿ひらふ」だったのです。

　このころの私はというと、実は単なる無職のおじさんで、一年後に「小説家デビューする」など、まったく思ってもいないころで、単に鉄道ファンとして寄らせて頂いたのですが、ホームでのバーベキュー、丸太風呂、駅舎の寝室、ダイニングなどに心から感動して、その時の様子をサラサラとメモ書きして残していました。

　外から見たら「古い国鉄時代のローカル駅」なのですが、中は山小屋風にリニューアルされていて、駅員室は広いダイニングとなっていて、丸太のテーブルや椅子が並べられていました。元々は駅ですのでお風呂は最初からなかったようで、ホームに小さなログハウスを建てて、そこに半分にした丸太をくり抜いた風呂桶がありました。

　中はランプのようなオレンジ色の弱々しい光だけなのですが、そこで入るお風呂に心から癒(いや)され、何時間でも入っていられそうでした。

夕食のバーベキューはみんなで囲むので、自然と他のお客さんと打ち解け、年に数十回も「トワイライトエクスプレス」に乗っていた大阪の鉄道ファンのかたは「四季折々の良さのある、とても楽しい宿ですよ」と教えてくれました。

そして、最も感動したのは、出発の朝、小樽方面へ向かう列車に乗ろうとすると、宿のご主人とともに仲良くなったお客さんが、ホームまで見送ってくれたことです。

私も全国たくさんの宿に泊まってきましたが、比羅夫には体験したことのないファンタジーな世界があり、今でも思い出すとても楽しい宿でした。

そんな体験をしたことで、私は小樽へ向かう列車に揺られながら、ボンヤリとですが「こういう場所を舞台に小説を書きたい」と思いました。

ですので、私が「小説を書こう」と決意した、とても思い出深い宿でもあるのです。

それから少しずつ小説家への道を進むわけですが、その中でなん度か「駅舎が宿」という小説の企画を立ちあげていたりしていたのですが、なかなか執筆する機会がありませんでした。

今回、ついに『駅に泊まろう！』を発売できることになりました。気がつけば十年も経っていましたね。

今回の物語はそんな「駅の宿ひらふ」様の設定や雰囲気を使わせて頂き、登場人物などはフィクションとして作り上げました。

もし、この物語を読んで「私も行ってみたい！」と感じられた皆さんは、是非、小樽、長万部（おしゃまんべ）、ニセコから、ほんの少し足を延ばして「比羅夫」へ行ってみてください。

「駅の宿ひらふ」http://hirafu-eki.com/

※季節によってサービス内容が変わりますので、詳しくは宿にお問合せくださいませ。

きっと、北海道旅行の中で、忘れられない一泊になると思います。

ただし！　一日上下十四本という設定はリアルですので、お伺いする際にはキッチリ予定を組んで向かわないと、美月（みつき）のようなことになります（笑）。

最後になりますが「駅の宿ひらふ」の南谷（みなみたに）様に、大きな大きなご協力をいただけましたことを、ここに感謝させて頂きます。本当にありがとうございました。

二〇二〇年八月　鉄道作家はコロナで取材が大変に……

この作品はフィクションであり、実在の個人・団体・
事件などとは、いっさい関係がありません（編集部）

光文社文庫

文庫書下ろし
駅(えき)に泊(と)まろう！
著者　豊田(とよだ)　巧(たくみ)

2020年9月20日　初版1刷発行
2021年3月20日　2刷発行

発行者　鈴木広和
印刷　堀内印刷
製本　ナショナル製本

発行所　株式会社　光文社
〒112-8011　東京都文京区音羽1-16-6
電話（03）5395-8149　編集部
8116　書籍販売部
8125　業務部

ISBN978-4-334-79082-0　Printed in Japan

組版　萩原印刷

光文社文庫　好評既刊

蛇王再臨	田中芳樹
天鳴地動	田中芳樹
戦旗不倒	田中芳樹
天涯無限	田中芳樹
女王陛下のえんま帳	田中芳樹 垣野内成美 らいとすたっふ編
ショートショート・マルシェ	田丸雅智
ショートショートBAR	田丸雅智
花筐	檀一雄
優しい死神の飼い方	知念実希人
屋上のテロリスト	知念実希人
黒猫の小夜曲	知念実希人
娘に語る祖国	つかこうへい
槐	月村了衛
セイジ	辻内智貴
サクラ咲く	辻村深月
クローバーナイト	辻村深月
みちづれはいても、ひとり	寺地はるな
アンチェルの蝶	遠田潤子
雪の鉄樹	遠田潤子
オブリヴィオン	遠田潤子
木足の猿	戸南浩平
さえこ照ラス	友井羊
駅に泊まろう！	豊田巧
隠蔽人類	鳥飼否宇
逃げる	永井するみ
ニュータウンクロニクル	中澤日菜子
金メダルのケーキ	中島久枝
ロンドン狂瀾（上・下）	中路啓太
ぼくは落ち着きがない	長嶋有
悔いてのち	永瀬隼介
霧島から来た刑事	永瀬隼介
海の上の美容室	仲野ワタリ
雨の背中	中場利一
武士たちの作法	中村彰彦

光文社文庫 好評既刊